小学館文庫

小説 MAJOR 1
横浜編

土屋理敬　原作／満田拓也

JN264405

小学館文庫

目次

プロローグ

右足を石畳にかけると、ジャリ、と運動靴が鳴った。

ゆっくりと呼吸を整える。ツンと、桜の香りが鼻をついた。雪のように花びらを積もらせた墓石が、道の左右に整然と立ち並んでいる。

背中に回した手でボールの縫い目を探りながら、吾郎《ごろう》は前方に神経を集中した。

目標、突き当たりの大きな石碑。

距離、14・02メートル……ぐらい。

計ったわけじゃないけど、だいたい感覚で分かる。ここ何ヵ月かは、その数字をいつも意識して練習してきた。

見たこともない漢字がびっしりと刻まれた石碑の表面に、頭で描いた的を重ねる。中心の円がストライクゾーン。四隅の小さな三角は、コーナーいっぱいの勝負球だ。

右バッターの足元。インローいっぱい。

照準を定め、両腕を高く振り上げる。体の奥に力がわき上がってきた。左足を一気に引き付ける。下から上へ。爪先《つまさき》から膝《ひざ》、腰、肩、ひじ、そして指先へ。生まれた一つ一つの力が少しずつ大きくまとまり、加速しながら駆け登ってくる。

大丈夫。はずしっこない。

スピードと、正確なコントロールを最大限に引き出すフォーム。おとさんに教わったフォームだ。

父の茂治《しげはる》をなぜ『おとさん』と呼んでいたのか、吾郎自身にもよく分からない。もしかしたら、幼い吾郎には『お父さん』とうまく発音できなかったのかもしれない。

「お帰り、おとさん！　今日は勝った？」

試合があった日、玄関で靴を脱ぐ茂治の背中に飛びつきながら、決まってそう尋ねた。広くて、強くて、あったかい背中。あの背中はもう帰ってこない。『お父さん』とうまく呼べるようになる前に、茂治はこの世を去った。

風が吹き抜け、桜の花びらを散らしていく。

引き絞った指先にすべての体重を乗せ、力強く足を踏み出す。

バン……！　鋭い音をたてて、ボールが石碑に弾んだ。

インロー。どんぴしゃ……！

「吾郎！」

振り返ると、桃子《ももこ》が腰に手を当て、怖《こわ》い顔で立っていた。

「なんてことしてんの、あんたは！　お供え物やお花に当たったらどうするの！」

「そんなとこに当ててないよ。オレのコントロール知ってんだろ、かーさん」

「お墓にボールを投げるなって言ってるの。早くこっち来て、おとさんにあいさつしなさい」

「へーい」

口をとがらせると、ボールを拾って桃子のほうへ向かう。

『本田家之墓』と書かれた墓石の前に立つと、懐かしさがこみ上げてきた。

そっちはどうだい、おとさん？

いつものように、心の中で語りかける。

おかさんと仲良くやってる？

おかさん……母の千秋《ちあき》が亡くなったのは、吾郎が三歳の時だ。自宅のキッチンで倒れて病院へ運ばれ、そのまま帰らぬ人となった。頭の血管が詰まってしまう病気だったのだと、後から聞かされた。

茂治に手を引かれ、いつまでも病院のベッドを見つめていたのを覚えている。母の白い顔は、二度と目覚めないとは信じられないほど穏やかだった。

「おかさんはな……もう起きないんだ。おかさんは死んだんだ、吾郎。でもおとさん、悲しくなんかないぞ……」

茂治は震える声で、しかし強く言い聞かせるように言葉を続けた。

「おかさんとは、ほんのしばらくお別れするだけなんだ。おとさんと吾郎が一生懸命生きていけば、いつかまた天国で会えるから……」

三歳の吾郎にはよく理解できなかったが、今ならその言葉の意味が分かる。

おとさんは、一生懸命に生きた。おかさんを失った悲しみを乗り越え、一心に野球に打ち込み、たった一人で吾郎を育てた。

三年前の今日――一軍の内野手として初のスタメン出場を果たした試合で、世界一速いピッチャーのボールを頭に受けて天国へ旅立つまで、わずか二年半という月日を全力で、真剣に生きたのだ。

一生懸命生きたから、天国でおかさんと会えた。今は二人で楽しく暮らしている。そうに決まってる。

オレ、四年生になったよ。ピッチング、見てくれた？

先ほどボールをぶつけた石碑に目をやる。

14・02メートル。リトルリーグの、マウンドからホームベースまでの距離。

みっちりトレーニングを積んで、四年生の春にリトルへ入団する。ずっと前からそう決めていた。

ランニング。筋トレ。投げ込み。トレーニングのやり方は、すべておとさんが教えてくれた。どこかできっと見守ってくれている。そう思うと、孤独な練習にも寂しさは感じなかった。

オレ……おとさんに一歩ずつ近づいてくかんね！

それは三年前、六歳の吾郎が父の亡骸《なきがら》の前で誓ったことでもあった。病室へ駆けつけた桃子が呆然《ぼうぜん》と立ちすくむのを背中に感じながら、吾郎は言った。

「おとさん、死んだんだって……もう目を覚まさないんだって……でもね、ぼくちっとも悲しくないよ……だっておとさん、言ってたもん……」

天国へ行った人とは、ほんのちょっとお別れするだけ。一生懸命生きていけば、また天国で一緒になれる。だから……。

「ちょっとだけ……ほんのちょっとの間だけ……」

あの大きな背中に届くまで。いつか、おとさんを超える野球選手になって、天国で笑って会えるその日まで――

「……さよなら、おとさん」

またね、おとさん！

九歳の吾郎はボールを強く握り、微笑《ほほえ》んだ。

新しい出会い

ざわめきは、校門の外まで聞こえてきた。近づくにつれ大きくなる。

「わぁ、また一緒だね」

「げっ、あいつと同じクラスかよ」

校舎の入口に立てられた掲示板の前に、人だかりができていた。歓声や嘆きの声がひっきりなしに上がっている。

三船東《みふねひがし》小学校では、クラス替えは六年間に一度だけ、新四年生の春と決められていた。小学校生活の後半を決定づける、たった一度の貴重なチャンス。仲間とまた同じクラスに。あこがれのあの子とクラスメイトに。見上げる表情も、その反応もさまざまだ。

人だかりの最後列に加わり、吾郎は無表情に掲示板を眺めた。

端から順番に、自分の名前を探す。四年一組を通過し、二組の中ほどまで目を走らせたところで、それは見つかった。

本田吾郎。

並んだ名前の中に、印刷の文字がそっけなく置かれている。

「本田吾郎……？」

入学前の親子面談の日。やや小太りの校長はいぶかしげな目を上げ、桃子と吾郎を交互に見比べた。

「たしか、お母さまは星野《ほしの》桃子さんとおっしゃいましたよね？」

「はい。ちょっと事情がありまして……」

吾郎が幼くして母親を失い、さらに先日、父親までが他界した事。保育園の担任であった自分が吾郎を引き取り、育てることになった事。急な引っ越しにともない、一学期直前のこの時期に入学先を変更しなければならなかった事……。

何度も同じ質問を繰り返す校長に桃子が粘り強く説明するのを、六歳の吾郎は横でぼんやりと聞いていた。

『桃子せんせー』が『かーさん』に変わったのはいつの事だったろう。

おとさんと同じ本田の姓じゃなくなるなんて吾郎は考えてみたこともなかったし、桃子も一切そんな話をしようとはしなかった。今もアパートの表札には、『星野桃子』と『本田吾郎』の二つの名前が並んでいる。

父を亡くし、宙ぶらりんになった吾郎の小さな手を、再び握ってくれたのは桃子だった。手を伸ばせば、いつもそこに桃子がいてくれる。それだけで充分だ。

かーさんはかーさんだ。それでいいじゃんか。

自分のクラスを確認した生徒たちが、掲示板の前を離れてそれぞれの教室へと向かっていく。

「二組ね……」

誰にともなくつぶやき、吾郎もその流れに加わった。

ざっと見渡したところ、前のクラスで仲の良かった連中とは離れ離れになってしまったらしい。残念だが、決まったものは仕方ない。そのぶん、新しいクラスで新しい友達を作ればいいのだ。それに……。

「オレにはリトルがあるもんな」

四年生になったら、リトルリーグに入団する。名門と呼ばれた三船リトルへ入り、野球を愛する仲間とともに汗を流し、技術を磨く。そしていつか、おとさんのいた横浜ブルーオーシャンズのエースとしてマウンドに立つ……予定だ。

これからは今まで以上に真剣に、本格的に野球と向き合わなくてはならない。もしかしたら、学校の友達と遊ぶ時間もないぐらいに。とにかく早く野球をやりたい。その思いで胸がはち切れそうだった。

四年二組のプレートが廊下の中ほどに見えてきた時、背後で声が上がった。

「ようっ、お前も二組だって？　オレたち、やっぱ離れられない運命なんだなぁ！」

見ると、四人の男子生徒が固まって歩いてくる。後ろ髪のはねた、意地悪そうな目つきの少年が、小柄な男子生徒の頭をガッチリと腕で締めつけていた。

「また三年間よろしく頼むぜ、小森《こもり》く〜ん！」

「いっ、痛いよ沢村《さわむら》君……百円あげるから手ぇ離してよぉ……」

小森と呼ばれた生徒は、苦しそうにうめき声を上げた。ニヤニヤと眺めていた残りの二人が、沢村と呼ばれた生徒を見る。

「どーする、沢村？」

「ま、いーや。百円でかんべんしてやっか」

「その代わり、教室までカバン運べよな」

「う、うん……」

全員のカバンを持たされた小森がヨタヨタと歩きだすのを、吾郎は呆《あき》れて眺めた。

バッカじゃねーの、あいつ……百円払って、カバンまで持ちやがって……。

会話を聞くかぎり、四人は去年までも同じクラスだったらしい。沢村が命令し、他の二人が同調し、小森がひどい目にあう。そんな関係が出来上がっているのだろう。

小森の立場には同情するが、気の毒とは思わなかった。

イヤならはっきりイヤって言えばいいじゃねーか。

おどおどと沢村たちを見上げ、時には愛想笑いさえ浮かべる小森の気弱そうな顔には、負け犬根性が染みついているように見えた。戦おうともせずにあきらめてしまうヤツは、見ててイライラする。

四人に背を向け、吾郎は再び歩きだす。教室のドアを入ろうとした時、今度は別な、キンキンと甲高《かんだか》い声が響いた。

「何やってんだよ、お前ら！」

なんだぁ……？

思わず足を止め、振り返る。

沢村たちの背後から、一人の女生徒がズカズカと近づいてきた。肩までの髪が、足音に合わせて弾んでいる。かわいらしい顔だちとは不釣り合いに、キッと前方を睨《にら》んだ目には勇ましさが満ちあふれていた。

「こんなことして楽しいのかよ！」

「はぁ？　なんだ、お前……？」

沢村は面食らったように、自分の前に立った少女を見つめる。

女生徒はその質問を無視して、小森が持っていたカバンの山を奪い取った。

「あ……」

小森が怯《おび》えたような声を出す。

「カバンぐらい自分で持ってけよ、ほらっ！」

一人一人の胸に無理やりカバンを押しつけると、ぽかんと見つめている沢村たちを置いて、女生徒は再びズカズカと歩きだした。ア然と見ていた吾郎の横をすり抜け、二組の教室へ入っていく。振り向きざま、とびきり鋭い敵意の視線を吾郎に投げていった。

何なんだ、あのオトコ女……？

「何なんだ、あのオトコ女……」

後ろで沢村がつぶやくのが聞こえた。

四年二組の担任は、小林《こばやし》という男性教師だった。専門教科は体育。そのせいなのか、入学式でも卒業式でもジャージを着ている。

「今日から三年間、みんな仲良く勉強に運動にがんばっていこう。まずはじめに学級委員長を決めなきゃならんが……誰か立候補する者はいるか？」

ヒソヒソとささやく声が教室に広がる。大半の生徒は、自分が指名されないようにと素早く顔を伏せた。

「はい、先生」

沢村が手を上げ、立ち上がる。

「小森君を推薦したいと思いまーす」

「えっ……!?」

小森が短く息を飲んだ。懇願《こんがん》するように、隣の沢村を見上げる。

「む、無理だよ、ぼくなんか……」

「ぼくも小森君がいいと思いまーす！」

「さんせーっ！」

相次いで声が上がった。沢村の取り巻き二人だ。

「いいのか、小森？」

「……は、はい」

担任の問いかけに、観念したようにうつむく。答える寸前、沢村が脅すように小森を睨みつけたのを、吾郎は自分の席から見ていた。

また、あいつら……。

「ひどいわねぇ」「誰もやりたがらないから、押しつけてんのよ」小声で言い交わす声が聞こえてくる。

「他に立候補する者がいないなら、小森に決めるぞ。みんな、いいか？」

消え入りそうに青ざめた小森の顔を、吾郎はじれったい思いで見つめた。

いいのかよ、ほら、決まっちまうぞ？　手ぇ上げろ。イヤですって言え。お前が自分で言わねーと……。

「先生！」

すぐ横で、聞き覚えのある甲高い声がした。隣に座っていたのが今朝の女生徒であることに、吾郎はその時初めて気づいた。

「あたし、やります」

「おお。えーと……」

担任が急いで手元の出席簿をめくる。

「出席番号14番、清水薫《しみずかおる》です」

「清水か。立候補するのか？」

「はい」

短く答えて、女生徒は座る。沢村が小さく舌打ちした。

吾郎は思わず、清水薫と名乗った女生徒の横顔を見つめた。

「お前、物好きだなあ。学級委員長なんて、メンドーなこと押しつけられるだけじゃん」

吾郎の言葉に、清水薫はムッと振り向いた。朝と同じ、敵意の視線が向けられる。

「うるせー！　明らかなイジメを見て見ぬふりして平気なあんたらよりマシだろ！」

「何っ……！」

どうやら彼女は、沢村たちのイジメから小森を救うために学級委員長を買って出たらしい。

反発心がムラムラとわいた。

「誰が見て見ぬふりだよ！　イヤならイヤって、小森が言えばいいんだよ！」

「な……」

「だいたい、委員長代わってやったからってなんだよ！　そんなことがヤツのためになると思ってんのか！　いいかっこすんじゃねーよ！」

「なんだとぉ！」

「なんだよ！」

同時に椅子《いす》を蹴《け》って立ち上がった。クラスメイトが息を呑《の》むのが分かる。一番驚いているのは、たぶん勝手に話題にされている小森だろう。

直後、雷のような怒声が落ちてきた。

「やめんかぁ！　ホームルーム中だぞ！」

小林が教壇から厳しく見据えていた。

ツン、とそっぽを向き、薫が座った。吾郎もしぶしぶ座りなおす。

くそっ。ムカつくな～、この女……！

新しい委員と係があらかた決まったころ、終了のチャイムが鳴った。バラバラと生徒たちが下校をはじめる。

「ちぇっ、最悪だ、このクラス……」

下駄箱で靴を履き替えながら、吾郎はため息をついた。

ガキ大将気取りのイジメっ子。

そいつに文句一つ言えない腰抜けヤロー。

キャンキャン噛《か》みついてくるオトコ女。

あんな連中と、三年間も顔を合わせなくてはいけないのだ。

ムシャクシャするから、バッティングセンターでも寄ってくか。

考えながら校舎を出ると、あざけるような笑い声が聞こえてきた。

「パァス！　こっちだこっち！」

「ほら、取れたら返してやるよ！」

沢村たち三人が、サッカーをしていた。いや、正確にはサッカーとは呼べないだろう。蹴られているのはボールではなかった。真新しいスニーカーの右足と左足が、不規則な動きで三人の間を行ったり来たりしている。

靴下だけの小森が、転がるスニーカーを泣きそうな顔で追いかけていた。

「ぼくの靴、返してよぉ……！」

「そらっ、シュートぉ！」

転がってきた靴を、思い切り沢村が蹴り上げる。きれいな弧を描いて、スニーカーの右足は校門脇の池に落ちた。

「あぁっ……！」

悲鳴を上げて、小森が池へ駆け寄る。ずぶ濡《ぬ》れの靴を水の中から拾い上げると、その目にみるみる涙がにじんだ。

「お母さんに買ってもらったばっかだったのに……」

じっと目を細めて、吾郎はその光景を眺めた。苦いものがこみ上げてくる。

ちっ。サイテーだな、こいつら……！

まっすぐに、四人のほうへ向かう。

二人の取り巻きのうちのキツネに似たほうが、残った左足のスニーカーを踏みつけた。

「よーし、今度はオレのスーパーゴールな！　せーの……！」

シュートを決めようと振り上げた足を、いきなり吾郎は後ろから引っかけた。

「うわっ……!?」

キツネ顔は無様に転ぶ。勢いで靴が脱げ落ち、吾郎の足元へ転がった。

沢村が顔を上げた。吾郎を認めると、警戒した顔つきになる。

「よぉ。楽しそうだな。オレもまぜてくれよ」

言いながら吾郎は、転がってきた靴をつまみ上げた。軽くトスしてキックする。一直線に飛んだ靴は沢村の顔をかすめ、背後の池に飛び込んだ。

「な……な……」

キツネ顔がパクパクとあえぐ。

「あれぇ、おっかしーなぁ。この遊び、ちっとも面白くねーぞ。こりゃあ、低学年がやって喜ぶレベルだろ」

最後の言葉は、沢村の目を見て言ってやった。

スウッ、と息を吸い込むのが聞こえた。沢村がポケットに手を突っ込み、精一杯肩を怒らせて近づいてくる。

「ハハ、いい根性してんじゃねーか……お前、たしか本田とか言ったなぁ？　この沢村にケンカ売って、楽しい学校生活が送れると思ってんのか？」

「ぜーんぜん。今日のクラス替えでそんな希望はボクちん、とっくに捨てましたぁ」

平然と言い返しながらも、沢村の顔から目を離さない。

二人の取り巻きは明らかに逃げ腰だった。落ち着きはらった吾郎の態度に、得体の知れない迫力を感じたらしい。

沢村はしばらく悔しげに睨みつけていたが、やがて、ふん、と鼻を鳴らした。

「……このままで済むと思うなよ。行くぞ！」

きびすを返し、校門へと向かう。取り巻き二人が慌ててその後を追った。

逃げる三人を見送っていると、小森がためらいがちに近づいてきた。

「あ、あの……」

何か言いかけた時、沢村たちの声が飛んだ。

「おい小森！　お前そいつにつく気か！」

「来ねーなら裏切り者だぞ！」

小森は怯えたように身をすくめる。

「ご、ごめん……！」

それだけ言うと、顔を伏せて駆けだした。右足だけ濡れたスニーカーが、奇妙な足跡を残していく。

その場に立ったまま、吾郎は駆け去る小森の背中をア然と見つめた。

別に感謝されようと思ったわけじゃない。でも小森にとっては、少なくとも沢村たちと縁を切るきっかけにはなったはずだ。なのに……これじゃ、何のために助けたのか分からない。

校門の外で小森が沢村たちの輪に加わる様子を見ながら、

「……ほんと、最悪のクラスだぜ」

吾郎は今日二度目のため息をついた。


翌日の日曜、吾郎はいつもより一時間早く目が覚めた。

ランニング、素振り、投げ込みと、普段どおりのメニューをこなす。気を抜くと、ついつい力んで飛ばしすぎてしまいそうだ。オーバーペースにならないよう、自分を抑えるのに苦労した。

朝食を終えると、新品のアンダーシャツに着替える。バットとグラブを持ってリビングの横を通ると、置かれた写真立ての中から微笑む茂治と目が合った。

行ってくるよ、おとさん！

アパートを出て歩きだすと、家々の屋根がまぶしかった。春の陽射《ひざ》しに温められる前の、ひんやりとした空気が心地いい。

無意識のうちに駆け足になる。歩けばたっぷり十五分はかかる道のりを、半分の時間で吾郎は目的地に到着した。

広々とした土のグラウンドに、練習用のユニフォームを着た少年たちがまばらに散り、ノックを受けていた。バットがボールを打つ金属音が、小気味よいリズムで空へ吸い込まれていく。

ゾクッ、と嬉《うれ》しさが駆け抜ける。

三年間待ち焦がれた場所――リトルリーグ、三船ドルフィンズのホームグラウンドだ。

「なんだ、そのへっぴり腰は！　前に出て捕らんかぁ！」

バットを手にした中年の監督が、せわしなくメガネを押し上げながら声を飛ばす。少年たちは怒鳴られて慌てるでもなく、次々と近くに落ちるボールを小走りに追った。

野球の音。野球の匂《にお》い。そのすべてを感じようと、吾郎は大きく息を吸い込んだ。一人ぼっちで続けてきたトレーニングとは違う。グラウンド。チームメイト。監督。本物の野球に必要なすべてが、ここにはある。

よしっ。胸の中で一つ気合を入れると、吾郎は勢いよく土手の階段を駆け降りた。

「おーい！　オレもまぜてくれよーっ！」

監督が振り返る。いぶかしげに細められた目が、やがて大きく見開かれた。目の前まで駆けてきた吾郎を、信じられないというように見つめる。

「ご……吾郎君かい？」

「うん。やっと四年生になったよ、おじさん」

安藤《あんどう》監督は、しばし言葉が出てこないようだった。ずり落ちたメガネの奥に、驚きが広がっている。

ハハ、やっぱメガネが下がってら。

それは、驚いた時のクセなのだろう。あの時も、安藤はまったく同じ表情で吾郎を見つめていた。

かつて一度だけ、吾郎がこのグラウンドを訪れたのは五歳の時だ。

ピッチングフォームやトレーニングの仕方を茂治から少しずつ教わり、野球へのあこがれが風船みたいに膨らんでいた。そんな時、ウワサで聞いたのだ。

線路の向こうに、子供たちが野球をやってるグラウンドがある。

ウワサは本当だった。ここへ来れば、本当の野球ができる。練習中のグラウンドに乗り込み、強引にピッチングを披露した。吾郎を邪魔者扱いしていた安藤監督の顔が、驚きに包まれる。メガネが半分ずり落ちていた。

「今からウチで練習を積めば、君はすごい選手になれる！」

驚きから覚めた安藤は、熱心に吾郎を指導してくれた。硬球の握り方や、変化球の投げ方まで。茂治にも教わっていないことばかりだった。

このおじさんはすごい。ついていけば、どんどん野球がうまくなる。おとさんもきっと喜んでくれるぞ……！

「バカ野郎！」

話を聞いた茂治は激怒した。

「体のできていない小さい子が硬球や変化球を投げるなんて、どんなに危険なことか分かってるのか！　ひじを壊して、一生野球ができなくなるかもしれないんだぞ！」

茂治はその足で安藤の家へ行き、間違った指導方針を厳しく追及した。安藤は茂治の言葉にうなだれた。吾郎の並外れた才能を見て、つい指導者としての血が騒いでしまった、と。安藤はその場で吾郎の入団を取り消し、二度とこんなことはしないと誓った。

別れ際に安藤が言った言葉を、吾郎は後に茂治から聞いた。

「こんな監督では、もう吾郎君に信頼してもらえないかもしれませんが……もしも正式にリトルに入団できる九歳になって、吾郎君がわが三船リトルを選んでくれるなら……」

――いつでも待っています。

「来て……くれたのかい？」

「うん。ずっと一人でトレーニングしてたんだ。今日から、三船リトルに入れてもらおうと思ってさ」

安藤の顔がくしゃくしゃと嬉しそうに崩れた。かわす間もなく、思い切り吾郎の体を抱きしめる。

「そうか、そうかぁ！　あの君がもう四年生かぁ！」

「ちょっ、おじさん、苦しいって……!?」

いつの間にか、ノックを受けていた少年たちが集まってきていた。物珍しそうに吾郎を見つめる。

「誰……？」

「そいつ、監督の知り合いっスか？」

少年たちに向き直ると、安藤は得意気に胸を張る。

「聞いて驚くな！　彼は本田吾郎君。あの本田茂治の血を引いた、天才野球少年だぞ！」

「本田ナントカって？」

「知らねーよなぁ」

「バカモノ！　本田茂治と言えば、かの横浜ブルーオーシャンズで……」

熱っぽく語りはじめるのを聞きながら、吾郎は同じユニフォームに身を包んだ少年たちを見渡した。

五人……？

以前来た時には、チーム内で紅白戦をやれるほどの人数が集まっていたはずだ。

「おじさん」

安藤が話をやめ、吾郎を見る。

「えらく人数少ないけど、どうしたの？　今日は入団テストの日で、レギュラーとか来てないってこと？」

たちまち、安藤の顔から輝きが消えた。こわばった表情でうつむく。

「ははは……それならいいんだけど……実は、これで全員なんだよ」

「えっ……！」

絶句した。

五人という人数の少なさもショックだったが、それより、ここにいる全員がチームの正式メンバー、すなわちレギュラーなのだという事実が信じられない。

先ほどのノックを眺めていたが、誰一人としてまともにボールを捕れていなかった。フライは落とす。ゴロはこぼす。送球は山なり。野球を一度もしたことのない、初心者の集団だとばかり思っていたのだ。

以前の三船ドルフィンズは、決してこんなふうではなかった。伝統ある名門チームだと聞いていたし、実際、うまい選手が何人もいた。それが、わずか数年でこの落差はどういうことなのだろう。

重ねてたずねようとした時、耳障りな声が割り込んできた。

「やあ、どうも。お邪魔しますよ」

トレーニングウェア姿の中年の男を先頭に、揃《そろ》いのユニフォームを着た二十人ほどの少年たちの集団が、土手の階段を下りてくる。短パンにハイソックス。野球のユニフォームではない。少年たちの何人かは、サッカーボールをかかえていた。

「突然すいませんな、安藤さん」

「な……何ですか？　まだここはうちの使用時間ですけど……」

トレーニングウェアの男が薄笑いを浮かべる。

「悪いんですがね。今日からこのグラウンドは土、日とも三船サッカー少年団の貸し切りになったんですよ」

「え……そ、そりゃいったいどういうことです、沢村さん⁉」

「昨日の自治会で決まりましてね。私は自治会の会長として、三船商店街のみなさんの意思を尊重しただけです」

会長として、が強調された。

沢村さん……？

どこかで聞いた名前に、吾郎はようやく気づいた。

少年たちの中心に、取り巻き二人に左右を固められた沢村がいた。向こうも吾郎に気づいたらしく、ニヤニヤと笑ってこちらを見ている。小バカにしたような目つきは、安藤の前に立つ男とそっくりだ。

「そういうわけなんで、場所を空けていただけますか」

「そんな無茶な！　今だって日曜の午前中だけしか使えないってのに……うちはどこで練習したらいいんですか⁉」

「練習も何も、安藤さん」

沢村会長は、ぽかんと眺めているリトルの少年たちにチラリと目をやる。

「ドルフィンズは、今やもうチームすら組めない状況じゃないですか」

「そ、それは……」

「自治会のみなさんも、別に野球が嫌いで決めたわけじゃない。商店街の大人たちは、ちゃんと野球チームも持ってる……しかし、その彼らの子供たちが、現実に野球はやらないんですよ。時代のニーズが変わったんでしょうな。塾通いに忙しい子や、家でゲームやパソコンをやるのが好きな子もいる。スポーツが好きな子供は、人気のあるサッカーやバスケットに集まっていく。人が集まらなければチームも弱くなるし、試合にだって勝てない。そうやって子供たちが野球から離れていった結果が、今のドルフィンズじゃないんですか」

安藤は悔しげに口を結んだまま、じっと聞いている。その沈黙が、相手の言葉が正しいことを裏付けていた。

「人数も揃わないのにグラウンドの使用権を主張しても、誰も納得せんでしょう」

「……それじゃあ、つまり……」

絞り出すように、安藤が口を開く。

「みなさんは、三船ドルフィンズを解散しろとおっしゃるんですか」

「ま、そういうことになりますかな」

興味なさそうに、沢村会長が言った。

解散？

吾郎はまばたきもせず、沢村会長の顔を見つめた。

ドルフィンズの人数が減った理由は、なんとなく理解できた。サッカーやバスケに興味を持つ子供が増えるのも、仕方ないことなのかもしれない。

だけど……。

「おい、練習はじめるぞ。手分けしてゴールポスト運べ」

沢村会長の指示で、サッカーチームが動きだす。

「待てよ」

吾郎の言葉が、その動きを止めた。怪訝《けげん》そうな視線が注がれる。

「おじさん……ドルフィンズって今、五人だよね？」

「え？　あ、ああ……」

「じゃあ、オレ入れて六人か。あと三人だね」

吾郎は安藤から沢村会長へと視線を移した。

「九人集まれば、グラウンド使わせてくれんだろ？」

沢村会長はしばし、考えるように吾郎を見つめた。やがて、見透かしたような笑みが浮かぶ。

「ダメだね。やる気も実力もない連中を集めて、ただの野球ごっこやるんじゃおんなじだよ……そうだな。商店街の草野球チームに勝てるぐらいなら、みなさんも考え直してくれるだろうがね」

よーし。

願ってもない展開に、吾郎は心の中でガッツポーズをした。

「ほんとだな！　九人集めて、商店街チームに勝ちゃあいいんだな！」

「あ……ああ」

「よーし、そのセリフ忘れんなよ！　やってやらあ！」

えっ⁉　と驚きの声を上げたのは、むしろドルフィンズの選手たちだった。

「お前、何言ってんだよ⁉」

「商店街チームって大人だぞ！」

「勝てっこないだろ！」

慌てたように吾郎に詰め寄る。

「大丈夫だよ。どーせ腹の出たオヤジチームだろ？　このままグラウンド取られて、悔しくないのかよ！」

「……解散なら仕方ないんじゃないの？」

「野球がダメなら、家でゲームでもやろうぜ」

「ぼく、そろそろ塾へ行かないと……」

吾郎は呆れて、チームメイトの顔を見つめた。

野球ができなくなるかもしれないってのに、なんで平気なんだ⁉　そんなだから、解散なんて言われるんだよ！

「とにかく、商店街チームなんて大したことねーよ。人数集めて、絶対勝とうぜ！ねっ、おじさん？」

同意を求めるように見上げる。が、安藤の顔は暗いままだった。

「無理だよ、吾郎君……三船アタックスは去年、市の草野球大会で準優勝してるんだ……」

「えっ……」

グラウンド全体をのびのびと使って、三船サッカー少年団が練習をはじめた。ドルフィンズの面々は他に練習場所のあてもなく、その場で解散となった。

家へ帰って、夜ふとんに入るまで、吾郎は終始無口だった。

眠れずに、天井の木目を見つめる。別れ際に言われた安藤の言葉が、頭の中でグルグルと回っていた。

「すまない、吾郎君……これで三船ドルフィンズは解散だ。君は横浜のリトルリーグに入りなさい。私から紹介してあげよう……これも時代の流れさ。おじさん、この小さな町で十年以上もリトルの監督をできただけで幸せだったよ……」

そう言うと、安藤は去っていった。遠ざかる背中が、やけに小さく見えた。

横浜のリトルへ行くのは嫌じゃない。ちょっと遠いけど、野球ができるならそれぐらい平気だ。レベルの低い、やる気のないドルフィンズの仲間にがっかりしたのも確かだ。商店街チームは強いみたいだし、勝てるとは限らない。

だけど……なんか違うんだ！

沢村会長の、勝ち誇ったような顔が浮かぶ。決心は固まった。

吾郎はふとんから起き上がると、隣で寝ている桃子の体を揺さぶった。

「かーさん」

「ん……なぁに？　まだ起きてたの？」

「なんか白い紙、ない？　たくさんほしいんだ！」

チーム結成

月曜日。登校してきた三船東小学校の生徒たちは、学校へ着くなり驚きの声を上げた。

下駄箱、廊下、教室の扉……ありとあらゆる場所に、手書きの張り紙がベタベタと貼《は》りつけられている。そこには下手《へた》くそな字で、こう書かれていた。

『ぼくと野球をやりませんか？　先ちゃく三人には一ヵ月間、給食デザートプレゼント！　四年二組本田吾郎まで』

「へへ、あんだけ貼っときゃ、イヤでも全員の目に入んだろ……」

四年二組の自分の席に座り、吾郎は満足そうにのびをした。あくびをかみ殺し、訪問者に備えて気を引き締める。

昨夜はあれからほとんど徹夜での作業となったが、これでメンバーが揃うのならばお安いものだ。

どんなヤツが来るだろうか。野球経験者が望ましいが、そこまで贅沢《ぜいたく》は言えないだろう。スポーツが得意な者なら、期待大だ。「張り紙見たんだけど」と頼りになりそうな仲間が訪ねてくるのを、吾郎はワクワクして待った。

バン！　机に、誰かが乱暴に手を置いた。はがしてきた張り紙を手のひらで押さえつけている。

「おっ、早速来たかぁ」

見上げると、清水薫が怖い顔で見下ろしていた。

こいつか。

やや拍子抜けしたが、笑顔を向ける。せっかく来てくれた、第一号なのだ。

「まあ女でもいいけど、お前、野球やったことあんのか？　なんだったらマネージャーでも……」

「バカ言ってんじゃないわよ！　校内にあんな張り紙していいと思ってんの!?　先生来る前に、さっさとはがしてきなさい！」

ちぇっ、またでしゃばり委員長のおせっかいか……。

吾郎はうんざりとそっぽを向いた。

「うるせーな、ほっとけよ。てめーにゃ関係ねーだろ」

「委員長としてほっとけないんだよ、この二組の恥さらし！」

薫は張り紙をつまみ上げ、吾郎の顔に突きつける。

「何が野球だよ！　こんなことしたって、あんなダサいスポーツ誰もやるわけねーだろ！」

何だと……？

「とにかく、とっととはがしなさいよ！」

言い捨てて、憤慨したように背を向ける。その肩に手をかけ、吾郎は強引に薫を振り向かせた。

「な……!?」

「おい、今なんつった？」

驚いている薫の顔を、正面から睨みつける。

「野球がダサいだと？　どこがどうダサいってんだ！　言ってみろ！」

「な、何よ……ダサいからダサいって言ったんだよ！　オシャレとはほど遠いイメージじゃない！　坊主頭だし、ファッションだって……」

「ふざけんな！」

怒りで体が熱くなる。

野球を……おとさんが真剣に打ち込んだ野球をバカにするやつは許せない……！

「やったこともねークセに、何が分かんだよ！　いいかげんなこと言ってっと、ぶっ飛ばすぞ！」

吾郎の剣幕に、薫は身を固くして立ちすくんだ。大きく見開いた目に、戸惑いの色が揺れている。

クラスメイトの視線が集まっていた。シンとなった教室の沈黙を、荒々しいドアの音が破る。担任の小林が、怒鳴りながら入ってきた。

「おい本田！　なんだ、あの張り紙は！　バカモン、すぐにはがしてこい！」

「へいへい」

薫の顔から目をそらし、廊下へ出る。

壁は、文字通り張り紙で埋め尽くされていた。我ながら、よくもまあところ構わず貼ったものだ。

「あーあ。自分ではがすんだったら、こんなにベタベタ貼るんじゃなかったぜ……」

ぶつぶつ言いながら、一枚ずつはがしていく。

まぁいいか。もうみんな読んだだろうし……。

足音が近づいてきた。手を止めて顔を向ける。

薫が立っていた。何か言いたそうに、上目づかいに吾郎を見ている。

「……何？」

「……ごめん」

意外にも素直に、薫は謝った。

「もういーよ。オレ、一分前のことはすぐ忘れるから」

「そうだよな……やらなきゃ、ダサいかどうかなんて分かんないよな……」

つぶやきながら、瞳《ひとみ》に決意が宿っていく。吾郎にというより、自分に言い聞かせている感じだ。

やがて、きっぱりと顔を上げて薫は言った。

「あたし、野球やるよ！」

「……え？」

「やんなきゃ分かんないって言ったの、あんたなんだから。いいだろ？」

いいだろ？　って……いやいや、ちょっと待てよ……!?

薫の行動は早かった。一時間目の授業が終わると、すかさず吾郎の手を引いて廊下へ出る。屋上で待っていろと言い残し、自分はどこかへ駆けだしていく。きっかり三分後、今度は体操服を着て屋上に現れた。

「野球の道具、持ってきてんだろ？」

「あ、ああ……」

一応、ボールとグラブ一式は持参していた。希望者が現れた時、実力を見るためだ。

初めて手にしたグラブを珍しそうにこねくり回した後、薫はおもむろに指を入れた。革で編んだ網の部分を、パン、と拳《こぶし》で叩《たた》く。

「よっしゃ、来ーい！」

指先でボールをもてあそびながら、吾郎は呆れ顔で眺めた。

「なに着替えてまで張り切ってんだよ。お前、野球やったことねーんだろ？　ケガすっからやめたほうがいいと思うぜ」

「バカにすんな！　いいからさっさと投げろよ！」

やれやれ……。

仕方なく、腕を振りかぶる。

やんなきゃ分かんないって言ったのはオレだしな。まあ、一球投げて見せりゃ、ビビって逃げ出すだろ……。

薫の顔から三十センチほど右を狙《ねら》い、六割程度の力で吾郎は投げた。

「え……う、うそぉ⁉」

うなりを上げて飛んだボールが、屋上の金網に食い込んで止まる。

亀《かめ》のように身をすくませた薫が、恐ろしげにそれを見つめた。

「な……なんだよそれ⁉　ちょっとは手加減しろよ！　素人相手に危ないだろ！」

「え、けっこー手加減したんですけど」

ぐっ、と悔しげに口をつぐむと、薫は金網からボールを引き抜く。怒ったように投げ返すと、力のないボールが吾郎のはるか横へ転々と転がっていった。

「お前な、まじめにやんねーんなら帰るぞ」

「やってるよ！」

「だから無理だっつってんだろ」

ポケットに手を入れたままボールを拾うと、無造作に放《ほう》る。

ハッと構えなおしたグラブを素通りして、ボールは薫のおでこにコン、と弾んだ。

「あっ……」

何やってんだ、オレ。

だんだんバカらしくなってきた。

素人だとは思ってたけど……こいつ、素人以下じゃねーか！

薫に歩み寄ると、吾郎は精一杯優しく声をかけた。

「君はよくがんばった。さ、もういいだろ。グラブ返せ」

「なんだよ、はじめたばっかりだろ！　ちゃんと教えろよ！」

「あのなぁ！　オレは野球伝道師やってるわけじゃねーんだよ！　つぶれかけてるリトルリーグの人数揃えて、試合しなきゃなんねーんだ！　戦力にならないヤツ入れても、しょうがねーんだよ！」

まくしたてると、薫の手からグラブを奪い取る。

「所詮《しょせん》、野球は男のスポーツなんだよ。女なら、学校のソフトボール部にでも入るんだな。基本的な面白さは、ソフトで充分分からぁ」

それだけ言うと、さっさと昇降口へ向かう。薫が悔しそうに見つめていたが、吾郎は構わず階段を下りた。今はこんなことをしている時ではない。ドルフィンズが解散に追い込まれるかどうかの瀬戸際なのだ。

その休み時間を除いて、吾郎は一日自分の席から離れなかった。一度トイレに立った時も、『ただいまトイレ中。すぐ戻るから待っててね！』というメモを残すのを忘れなかった。

薫は大いに不満らしく、時折隣の席から挑むような目を投げてきた。沢村と取り巻きが吾郎をニヤニヤと見ながら、「まだ誰も来ねーなあ」と聞こえよがしに話すのも聞こえた。その両方を、吾郎は無視した。

「おい本田、いつまで残ってんだ。用がないなら早く帰れよ」

放課後。誰もいなくなった教室に一人座っている吾郎に、通りかかった小林が声をかけた。

「……はぁ」

踏ん切りをつけるように息を吐き、立ち上がる。

校舎を出る足取りは、さすがに重かった。徹夜で書き上げた張り紙の束が、カバンの中でズシリと肩にのしかかる。

結局、吾郎を訪ねてくる生徒は一人もいなかった。

なんでだよ……なんでみんな、野球に興味がないんだ!?

ダサいスポーツ。

清水薫はそう言った。

それが、みんなが野球に抱くイメージなんだろうか。

みんな、知らないだけなんだ……。

立ち止まり、手の中のボールを見つめる。

投げて、捕って、走って、打って……野球には、野球にしかない面白さがいっぱい詰まってるのに……！

「これも時代の流れさ……」

背中を丸めて去っていった安藤の後ろ姿が、今の自分と重なるような気がした。

コーン。

どこかから聞こえた音に、ふと顔を上げた。

音は、数秒おきに規則正しく響いてくる。どうやら校舎の向こう、体育館の裏あたりからのようだ。

もしかして、と思った。近づいていくにつれ、確信が深まる。聞き慣れた音だ。毎朝のランニングの後、公園で何十回となく耳にする……ボールが壁に弾む音。

西日に染まった体育館の角を曲がると、吾郎は足を止めた。

あいつ……。

決してきれいとは言えないフォームで、清水薫が体育館の壁に軟球をぶつけていた。はね返ったボールを拾い、また投げる。もう何回、その動作を繰り返しているのだろうか。真剣な顔にうっすらと汗がにじんでいる。

「どうしたんだよ、そのボール」

不意に声をかけられ、薫は飛び上がった。相手が吾郎だと分かると、ムッと目をそらす。

「……先生に借りたんだよ。そんなこと、あんたにもう関係ねーだろ！」

「手だけで投げてんだよな」

薫の手からボールを取る。ゆっくりと、分かりやすいように投げるフォームを再現する。

「足はそんなに上げなくていいから、右足に体重かけて、軽く体重移動しながら……腕を大きく振る」

まっすぐに飛んだボールは、正確にストライクゾーンの中心に命中した。

「コントロールは気にしなくていいから、まずは近い距離からゆっくり、体全体で投げてみろよ」

「な、なんだよ急に。あんた、野球伝道師じゃないんだろ！」

「そうも言ってられなくなったんだよなぁ」

拾ったボールを薫に返しながら、ため息をつく。

「結局、誰も来ねーんだよ、野球やるやつ。興味持ってくれたの、お前だけなんだよな」

「あたしだって別に……あんたが、やったことないクセにとか、女には無理とか、バカにするから……！」

「それで隠れて練習するなんて、お前も相当変わってんな」

「ほっとけよ！」

「でもオレ、けっこーそういうやつ嫌いじゃないんだよね」

決心はすでに固まっていた。

予定とはだいぶ違うが、仕方ない。大事なのは、この学校で今一番真剣に野球に取り組んでいるのが、このおせっかいで気の強い学級委員長だということだ。

「一緒に野球やろうぜ。面白さはオレが保証するよ」

薫が目を丸くして吾郎を見る。やがて、その表情が満足そうに緩んだ。

「つまんなかったら、やめるからな！」

七人目のチームメイトは、いつもの甲高い声でそう宣言した。


学校を出ると、吾郎は薫を連れて商店街へ向かった。

試合まで、そんなに余裕はないはずだ。練習をはじめるなら一日でも早いほうがいい。バットやボールはともかく、グラブだけは自前で用意しなくてはならない。

「いくらすんの？　あたし、あんまりお金ないよ」

「大丈夫だよ。たぶん大マケしてくれるから」

商店街の中ほどに、目的の店——安藤スポーツ用品店があった。

リトルリーグの監督は、専門職ではない。大抵は別な仕事を持ちながら、決まった練習日だけユニフォームに袖《そで》を通す。安藤もそうだった。

月曜から土曜まで、安藤は店主としてこの店で働く。頼めばきっと、グラブも安く売ってくれるだろう。と同時に、仲間が一人増えたことを早く報告したい気持ちもあった。

店に近づくと、入口を三人の少年がふさいでいた。こちらに背を向け、へっぴり腰で店内を覗《のぞ》き込んでいる。はねた後ろ髪で、それが沢村と取り巻き二人だと分かった。

「よう、邪魔なんだけど」

明らかにギクリと動揺して、沢村たちは振り返る。

「ほ、本田⁉　清水⁉　なんでお前らが……」

「くそっ、行こうぜ」

三人は逃げるように去っていく。

何やってたんだ、あいつら……？

店の中へ一歩踏み込んだ途端、怒鳴り声が響いた。

「君！　今ポケットにしまった物を出しなさい！」

店の奥で、安藤が小柄な少年の腕をつかんでいるのが見えた。少年は青ざめた顔で、おどおどと安藤を見上げる。短く刈り込んだ髪が、かすかに震えていた。

「小森……⁉」

薫が驚いて声を上げる。

「さあ、早く出しなさい！　おじさん、ちゃんと見たんだからね！」

腕をつかまれたまま、小森は観念したようにうなだれた。のろのろとポケットに手を入れ、中の物をひっぱり出す。値札のついた、新品のリストバンドだった。

「やっぱり……名前は！　家の電話番号を言いなさい！」

「ご……ごめんなさい……もう二度とこんなことしません。だから、うちに電話するのだけは……」

「そうはいかないよ！　分かってるかい？　万引きはれっきとした犯罪なんだよ！」

小森が、万引き……？

吾郎の頭に、逃げていく沢村たちの姿がチラリとよぎった。

呆然と立っている薫を置いて、店の奥へ入っていく。

「おじさん」

「あ……吾郎君！」

安藤と小森が同時に見る。

「許してあげてよ。こいつ、オレのクラスメイトなんだけど、自分の意志で万引きするようなやつじゃないよ」

「えっ？　どういうことだい!?」

「それよりさ、今日はグラブ買いに来たんだ。あいつが野球はじめたいって言うからさ」

入口に立ったままの薫を振り返る。薫が慌てて駆けてきて、ペコリと頭を下げた。

「清水薫です」

「なんか安くていいやつあったら、売ってあげてよ」

「へえ！　女の子が野球を！」

安藤の目が、キラキラと熱を帯びて輝いた。

「そりゃあすばらしい！　なら、息子が小学生の時に使っていたやつをあげるよ。使い込んでるけど、グラブは柔らかいのがいいからね！」

ガタガタと鳴るガラス戸を開け、階段を駆け上がっていく。どうやら、グラブはタダで手に入りそうだった。

安藤の姿が消えると、吾郎はうつむいている小森に目をやった。

「おい、今のうちに帰っちゃえよ」

「え……？」

「いいよ、おじさんにはオレから言っとくから。どーせお前、万引きさせられただけなんだろ？」

「あ、そうか！　沢村たちがコソコソ逃げ出したのは……」

薫が思い出したように入口を振り返る。

「ほら、おじさん戻ってくる前に行けって！」

ためらっている小森のランドセルを乱暴に押す。二、三歩つんのめると、小森は不安そうな顔を向けた。

「あ、あの……違うよ。沢村君たちは関係ないから……そんなこと、明日学校で絶対に言わないでね！」

あのなぁ……。

吾郎はイライラと小森を見る。

沢村たちの耳に入れれば、また余計にイジメられる。それを不安がる気持ちは分かる。分かるけど……お前、万引きまでさせられてんだぞ！

「お前さぁ、それでいいのか？」

「え……」

「仲間に万引きさせるようなやつらを、友達だと思ってるわけじゃねーんだろ？　あいつらの言いなりになってて、ほんとにいいのかよ？」

小森はしばし、答えなかった。やがて悲しげに視線を落とす。

「……でもぼく、本田君みたいに強くないし……」

「オレだって別に強くなんかねーよ。ていうかお前、強いとか弱いとかの前に、本気でぶつかってみたことあんのか？」

じっと動かず、小森は自分の靴の先を見つめた。沢村たちにボール代わりにされた時の傷が、よく見ると靴のあちこちに残っている。

「あのさ、小森」

薫が進み出た。

「野球に興味とか、ない？」

「え!?　や、野球？」

戸惑ったように問い返す。

おいおい、なんでそこで野球が出てくるんだよ。

薫にツッコもうとして、ふと吾郎は気づいた。

小森が自分を見つめている。見たこともない強い感情が、その目の奥に灯《とも》っていた。

なんだ……？

「ぼく……」

何かを言いかけた時、店の奥から安藤の声が響いた。

「お嬢ちゃん、右利きだよね!?」

「あ、はーい、そうです！」

振り返り、薫が答える。

小森は急に怯えたように後ずさりすると、クルリと背を向け、店の外へと駆け出した。

後ろ姿が見えなくなるのを、その場に立って見送る。

あいつ、何を言おうとしたんだろう……？

「なあ、野球チームってまだ人数足りないんだろ？」

並んで見送りながら、薫が尋ねた。

「ああ。あと二人だけど」

「じゃあ、小森誘ってあげようぜ！」

「何……？」

「あいつ、他に友達いないから沢村たちと仕方なくつるんでんだよ。イジメられるより、一人になるほうが怖いから……だからさ、あたしたちの仲間にしてあげれば小森だって助かるし、野球チームも一人増えるじゃない！」

「やだね」

吾郎は即座に答えた。

たしかに、野球チームに入れれば沢村たちは小森に手を出しにくくなるかもしれない。でも、それじゃただ逃げてるだけだ。何より、野球をイジメから逃げるための道具なんかにしたくない。

「仲間や友達なんて、そんなボランティア感覚で作るもんじゃねーだろ。沢村たちのゴタゴタで、チームをかき回されたくねーし」

「な、何ぃ……!?」

「それに、小森みたいな腰抜けは、オレのチームメイトにはいらないね」

安藤が、ようやく古ぼけたグラブを手に戻ってきた。

「あったあった。これでいいかい、お嬢ちゃ……」

「バカヤローっ！」

いきなり、薫が叫んだ。怒りを込めた目で、吾郎を睨んでいる。

「小森の気持ち考えたことあんのかよ！　クラスメイトのことはほっといて、自分だけ野球やってりゃそれでいいのかよ！」

「な、なんだとぉ!?」

「見損なったぜ！　お前が……小森のこと助けてやってんの見たから、ちょっとはいいやつだなって……そんなに真剣に野球やってんなら、つきあってやってもいいかなって、思ってたのに……！」

悔しげに唇を噛みしめる。小森を助けたというのは、例のスニーカーの一件だろう。どこからか、薫はその様子を見ていたらしい。

「……お前も沢村たちと一緒だよ！　誰がお前となんか野球やるか！」

キッ、と鋭い一瞥《いちべつ》を投げると、薫は店から駆けだしていった。

「ご、吾郎君……？　いったい何が……」

安藤が訳も分からず尋ねるのを、吾郎は頭のどこかで聞いていた。

――お前も沢村たちと一緒だよ！

その一言がトゲのように胸に刺さっている。

オレが、あいつらと……!?

店の外へ出ると、だいぶ日が傾いていた。夕食の買い出しに来た人々に、学校帰りの学生たちが交じり、人通りが増えている。商店街が最も活気づく時間帯に差しかかろうとしていた。

うつむきがちに、吾郎は歩いた。何度も同じ疑問が浮かんでは、答えを見つけられずにまた沈んでいく。

オレ、間違ってんのかな……？

野球を、友達作りの道具にはしたくない。全力で投げる。全力で打つ。ただひたむきに、ボールだけを追いかけたい。おとさんがそうしたように。

でも……野球を大事にするあまり、他の大事なことを置き去りにしてはいないか？

——小森みたいな腰抜けは、オレのチームメイトにはいらないね。

小森は、本当にただの腰抜けなのか？ 自分は小森の何を知っているというのだろう？

前にも、こんなことあったよな……。

——もう友達なんかいらないよ！

ゆっくりと、慎重に記憶をたぐりよせる。その先に、あどけない少年の顔が浮かんだ。

佐藤寿也《さとうとしや》……寿君。吾郎にとっては初めての野球友達だった。

寿君と出会ったのは、五歳の時だ。空き地の壁で的当てをしていると、すぐ横の家の窓から、メガネをかけたおとなしそうな男の子がじっと見ているのに気づいた。

保育園には、一緒に野球をやってくれる友達はいない。的当ては楽しいけど、たまには誰かとキャッチボールをしてみたかった。

「ねえ、一緒に野球やろうよ！」

「野球って、何……？　ぼく、勉強やらなきゃいけないんだ……」

　吾郎は家の玄関へ回り、顔を出した男の子の手を引いて強引に外へ連れ出した。

「ちょっとだけだから、いいでしょ！　面白いよ！　ぼく、本田吾郎！　君は？」

「さ、佐藤寿也……」

　初めて体験する野球に、寿君は怯えきっていた。頭をかかえてうずくまるばかりで、ボールを見ようともしない。

「ゆっくり投げるからさ、よく見て捕ってごらんよ。怖くないよ！」

「う、うん……」

　吾郎が投げた山なりのスローボールに、こわごわグラブを出す。スパン、とボールはきれいにグラブに入った。

「あ……」

「捕れたじゃん！　今度は寿君の番だよ！」

「……うん！」

　不安そうにボールを投げ返す。フラフラと力のないボールは、しかし見事に吾郎の胸のあたりへ届いた。

「うま〜い！　こんなストライク、ぼくだって初めての時は投げられなかったよ！」

「ほ、本当……？」

　それは、たまたまだったのかもしれない。でも、初めてボールを捕り、投げられた自信は、寿君の心にしっかりと刻まれたようだ。

練習を重ねるたび、寿君は上達した。吾郎が本気で投げる速い球もだんだん捕れるようになったし、紙を丸めたボールを使ってのバッティング練習では、時々吾郎より大きな当たりを飛ばすようにさえなった。

寿君はきっと、すごい野球選手になる。野球を好きになってくれてよかった。そう思った。

練習が終わると、寿君はいつも慌てて家へ帰っていった。いい小学校へ入るために、勉強しなくてはいけないのだと言う。

ある日、吾郎が誘いに行くと、インターホンごしに寿君が暗い声で応じた。

「ごめん……勉強があるから、今日は野球できないんだ……」

そっか、なら仕方ないや。あきらめて帰ろうとした時、ふとゴミ置き場の様子が目に入った。

ポリバケツの上に、古ぼけたグラブが捨ててある。おとさんに買ってもらった大事なグラブ——吾郎が、野球の練習のために寿君に貸してあげたものだった。

吾郎は、グラブをかかえて家へ帰った。

「あんなひどいヤツとは思わなかったよ！」

夕食を食べながら、茂治に悔しさをぶちまけた。話を聞いた茂治が首をかしげる。

「そんなことする子には見えなかったけどな……そのこと、寿君にちゃんと聞いてみたのか？」

「もういいよ！　どーせ野球より勉強のほうが大事なんだ！　もう、友達なんていらないよ！」

「吾郎！」

茂治が、厳しく吾郎をたしなめた。

「お前が今、裏切られた気持ちでいっぱいなのは分かる。でも、ちゃんと確かめもしないうちに、友達がいらないなんて言うな。もし何かの間違いだったら、お前こそ寿君を裏切ることになるんだぞ！」

夕食のあと、もう一度寿君の家へ向かった。ちゃんと話をしようと思った。

ゴミ置き場の前を通ると、小さな人影がゴソゴソと動いている。すぐに、寿君だと分かった。服が汚れるのも構わず、懸命にゴミをかき分けている。

吾郎が見ているのに気づくと、その目に涙が浮かんだ。

「ご、ごめん、吾郎君……ぼく、お母さんに勉強サボって野球してたのバレちゃって……せっかく借りたグラブも捨てられちゃって……！」

寿君が捨てたんじゃなかったんだ……。

グラブを持ち帰ったことを吾郎が説明すると、寿君はホッとしたようにへたり込んだ。

「よかったぁ……」

大事そうにグラブを抱きしめる。その姿を見て、吾郎は心の中で茂治に感謝した。

友達を裏切らなくて、よかった――

「でもオレ、別に小森のこと裏切ったわけじゃ……」

ぶつぶつと考えながら歩いていると、アパートの前を通り過ぎそうになった。慌てて引き返し、階段を登る。

玄関を入ると、桃子が心配そうに出迎えた。

「リトルの監督さんから電話があったわよ。学校の友達とケンカしてたみたいだって……何かあったの？」

「……なんでもないよ」

力なく答えて、自分の部屋へ向かう。リビングの写真立てから、茂治が見ていた。

――吾郎君、野球やめちゃダメだよ！

寿君の叫び声が頭の中にこだまする。

茂治の葬儀が済み、桃子と二人で隣の三船町《みふねちょう》にあるアパートに越すことが決まった。吾郎は、寿君の家へ挨拶《あいさつ》に出向いた。

「えっ!?　じゃあもう、一緒にキャッチボールできないの？」

「分かんない……でもぼく、おとさん死んじゃったから……もう野球やったり見たりしたくないんだ……」

肩を落として帰っていく吾郎を、寿君が追いかけてきた。吾郎の手にボールを握らせる。

「最後にもう一球だけ、吾郎君の球捕らせてよ！」

手の中のボールを見つめていると、茂治との思い出が鮮やかによみがえってきた。一緒にトレーニングした事。スタジアムに試合を見に行った事。野球ゲームで対戦した事。そこに、いつも野球があった。ワクワクするほど楽しかった。

「吾郎君、野球やめちゃダメだよ！」

寿君が叫ぶ。

「会えなくなっても、ぼくは吾郎君に教わった野球はやめない！　だから吾郎君も……おとさんにもう会えなくなっても、おとさんから教わった野球をやめちゃ絶対ダメだよ！」

ボールをぎゅっと握って、吾郎は腕を振りかぶった。

寿君が座ってグラブを構える。そのグラブめがけて、思いきり腕を振り下ろす。

――約束だよ、吾郎君！　いつかまた、一緒に野球やろうね……！

「友達、か……」

机の前に座り、吾郎は一人つぶやいた。

キッチンのほうからいい匂いがしている。今夜の夕食は、桃子特製のカレーだろう。

寿君は最高の野球仲間だったし、最高の友達だった。あの時、捨てられたグラブに腹を立てて友情を絶ってしまっていたら、こうして野球を続けていなかったかもしれない。だけど、そうなることを予想して声をかけたわけじゃない。キャッチボールの相手がほしい。それが、最初のきっかけだった。

――小森みたいな腰抜けは、オレのチームメイトにはいらないね。

――お前も沢村たちと一緒だよ！

小森の問題だ、と突き放すことは簡単だ。でも、本当にそれでいいのか？　いつか小森が最高の友達に、最高のチームメイトになるかもしれない。そのきっかけを作るためなら、こちらから手を差し伸べたっていいはずだ。

明日、小森をチームに誘ってみよう。

吾郎は、心の中でそう決めた。


次の朝。教室へ着くなり、中からキンキン声が響いてきた。

「おい沢村ぁ！　いいかげんにしろよ！」

ドアにかけた手を止める。

よく通る甲高い声。薫だ。

あいつ、いっつも誰かに怒ってんな……。

苦笑して、吾郎はドアを開けた。

教室のうしろで、薫と沢村が決闘のように離れて睨み合っていた。数冊のノートを自分の席に積み上げた小森が、かたわらに立つ薫をおどおどと見上げている。

「てめーの宿題はてめーでやれ！　小森に押しつけてんじゃねーよ！」

「ああっ、なんだとぉ？」

沢村が、例の肩を怒らせたポーズで一歩踏み出した。小森が慌てて薫に言う。

「し、清水さん、いいんだよ、ぼくは……」

「よくねーだろ！　もうやめろよ、あんなやつの言いなりになんの！」

沢村はさらに近づく。二人の取り巻きが、慣れた動きでその左右へついた。

遠巻きに見守っていた女生徒の一人が、遠慮がちに声をかける。

「ほ、ほっときなよ、薫……」

「ほっとけたら、委員長なんかやってないよ」

決意のにじんだ目で言うと、薫は自分から沢村のほうへ向かう。数十センチの距離で、両者は向き合った。

「小森は友達思いだから、オレらのために自分から宿題写してくれてんだよ。委員長だからって、他人の友達関係に口出す権利あんのかよ、ああっ？」

「ふざけんな！　お前らが命令してやらせてたんじゃねーか。小森がお前らのこと、友達なんて思ってるわけねーだろ！」

「ほぉ、そうきたかよ」

沢村が目を細める。

「女だと思って調子に乗ってんじゃねーぞ。本田とつるんでりゃ、手を出さねーとでも思ってんのかよ！」

「ふん、あんな最低ヤローとは何の関係もねーよ。あたしは委員長として、二度とこのクラスでイジメなんてさせないって決めたんだよ！」

一歩も引かない構えで、薫が言い放つ。

最低ヤローだとぉ？

ドアのところに立ったまま、吾郎は憮然《ぶぜん》と見つめた。

あのバカ……ピンチになっても助けてやんねーぞ！

「偉そうなこと言ってくれんじゃねーか。少し痛い目みないと、その鼻っ柱は折れねーようだな」

沢村の目配せで、取り巻き二人が素早く薫の背後へ回る。身構える間もなく、両側から腕を押さえつけた。

「なっ……何すんだよ⁉　離せ！」

「へっ、男みたいなしゃべり方しやがって。おい、ちゃんと押さえとけよな。今からスカート脱がして、男かどうか確認すんだからよぉ！」

薫の顔から血の気が引いた。必死に振りほどこうとするが、二人がかりにはかなわない。薄笑いを浮かべて沢村が近づく。

吾郎は進み出た。

ったく、世話の焼ける女だぜ！

勢いをつけ、沢村に飛びかかろうとした時――

「……しよう……」

すぐ横で、押し殺したようなつぶやきが聞こえた。その切迫した響きに、思わず足が止まる。

小森は顔を伏せていた。机の上に置いた両手を強く握りしめ、細かく肩を震わせている。

「……どうしよう。ぼくのせいだ……！」

何か激しい感情が、小森の中で戦っている。安藤の店で自分に向けられた目を、吾郎は思い出す。

こいつ、ひょっとしたら……。

「離せ！　離せよ！」

薫の声が悲鳴に近くなる。

ヤバい。止めねーと。

焦りながらも、吾郎は動かなかった。何かが変わる予感がする。いや、きっと変わる。これは賭《か》けだ。

沢村が、薫のあごに手をかけた。

「オレたちに逆らうとどーなるか、分からせてやるよ。これからは小森みたいにちゃんと言うこと聞くんだぜ、委員長」

ガタン！　小森が立ち上がった。膝の裏が震えている。ギクシャクと固い動きで、それでもゆっくりと一歩ずつ、沢村の前へ進み出る。

「ん……？」

沢村が見る。その顔を、小森は必死に見返した。

「……もう、やめてよ」

「はぁ？」

「清水さんは関係ないじゃないか……こんなこと、もうやめてよ、沢村君」

沢村の顔が険しくなる。

「なんだとぉ？　てめーは黙って宿題写してりゃいいんだよ！」

「どうしてこんなこと……友達なんてウソじゃないか……ぼくは……」

ゴクリと喉《のど》が鳴る。再び、拳が強く握りしめられた。

「……ぼくはもう、沢村君たちの言いなりにはならない！」

教室中に声が響いた。

沢村たちは口をあんぐりと開ける。薫も取り巻きに腕をつかまれたまま、ぽかんとした顔で小森を見つめた。

「ごめん、清水さん……でもぼく、もう大丈夫だから……」

「こ、小森……」

不意に小森が振り返る。目が合った。おずおずと吾郎の前へ来る。

「本田君」

照れたように切り出した。

「ぼく……前から野球って興味があったんだ。もしよかったら、チームに交ぜてくれない？」

「あ、ああ……」

うまく言葉が出てこない。

手を差し伸べる必要なんてなかった。小森は自分の意志で沢村たちと決別し、自分の意志で野球チームへ飛び込もうとしている。ずっとイジメられてきた少年にとって、どれほどの勇気が必要だったろう。

お前のこと、腰抜けって言って悪かったな。

そう言う代わりに、吾郎は笑顔で力強くうなずいた。

「……ああ、もちろん大歓迎さ！」

「上等だよ」

敵意に満ちた声がした。凶暴な目つきで、沢村が見ている。

「オレたちを裏切って、次は本田の子分になるってわけか、コーモリ野郎！」

「ち、違うよ。ぼくは……」

「ナメやがって。このままで済むと思うなよ。てめーら全員、これからオレたちの敵だからな！」

「へえ」

吾郎は笑みを浮かべて前へ出た。沢村の鼻先まで顔を近づける。

「敵でもなんでもいいけど、一コだけ言っとくぜ……小森も清水も、オレの大事な仲間なんだ。仲間に手を出すやつは、オレが許さねえ！」

沢村は何も言わなかった。悔しげに吾郎を睨んでいる。

「あーもう、いつまでつかんでんだよ！」

呆然と見ていた取り巻き二人の手から、薫が乱暴に腕を振り払った。キッ、と吾郎を見る。

「なにカッコつけて勝手なこと言ってんだよ。あたしはお前となんか野球やんないって言っただろ」

「別にいーよ、それでも」

「え……？」

「オレが嫌いでも、野球を嫌いになったわけじゃねーだろ。野球を好きなヤツは、オレにとっては仲間なんだよ」

それだけ言うと、小森のところへ取って返す。

「よし、小森。授業はじまるまで屋上行こうぜ」

「え……屋上？」

「キャッチボールだよ、キャッチボール。お前がどんくらいやれんのか見てーじゃん！」

　机の中からグラブとボールを出し、小森に差し出す。横から出た手が、グラブをひったくった。

「あ……？」

　ツン、と横を向いたまま、グラブを持った薫が言う。

「言っとくけど、お前のためじゃないからな。リトルがつぶれないように、もうちょっとだけつきあってやるよ。さ、行こうぜ小森！」

　照れ隠しのように、小森の背中をバンと叩く。

「あ、う、うん……でも、ヘタだよ」

「へーきへーき。あたしもヘタだから！」

「お前ほどヘタじゃ困るんだよ」

「な、何ぃ～!?」

　しゃべりながら廊下へ出る。チラ、と振り返ると、まだ沢村が恨みがましい目で見つめていた。後ろ手にピシャリとドアを閉める。

　廊下を歩きだした途端、小森がペタリとその場に座り込んだ。

「お、おい、どうしたんだよ？」

「こ……怖かったぁ。あれだけ言うのが精一杯で、足がすくんじゃって……ぼくってやっぱダメだなぁ……」

思わず、薫と顔を見合わせる。

「そんなことねーよ。カッコよかったぜ」

「ハハ……」

照れ臭そうに、そして嬉しそうに小森が笑った。

屋上でグラブを構えた姿は、少なくとも薫よりはだいぶマシに見えた。

すっかり先輩気取りで、薫がアドバイスする。

「ボールから目、離さないようにな。あいつ素人相手でも本気で投げてくるから、気をつけろよ」

「う、うん……」

「投げねーっつーの」

言いながら軽く放る。

ほとんど動かず、小森はグラブだけを上げた。スパン、ときれいにボールが収まる。

「おっ、なーんだ。清水よりマシじゃん」

薫が悔しそうに口をとがらせる。

「あんた、キャッチボールやったことあるんだ?」

「う、うん、昔ちょっと……」

照れながら吾郎に球を返す。手首のスナップだけで投げられたボールは、予想以上の勢いで手の中に飛び込んできた。

え……？

「ご、ごめん、素手じゃ痛かった？」

謝る小森を、吾郎はしばし見つめた。もう一球。少しスピードを上げてみる。

スパン。当然のようにグラブがつかむ。小森の表情もさっきと同じだ。

おいおい、まさか……。

「小森、ちょっと座ってみろ」

「えっ？　う、うん……」

戸惑った顔で、小森が座った。片膝を立て、グラブを前に突き出す。ピタリと決まった構えは、どこから押してもビクともしないような強固さを秘めていた。

心臓が鳴り出す。

な、なんだこいつ……素人なんかじゃねーぞ!?

両腕を大きく振りかぶる。左足を上げ、体重をためる。

「あ、バカ！　本気で投げたら危ないって！」

薫が叫ぶ。

不安があった。あのチームメイトの中に、自分の全力投球を捕れる者がいるのか。

でも、この構えは……。

わずかに身を沈め、一気に踏み出す。ためていた力が指先へと走り抜け、弾丸のようにボールを押し出した。

パァン！　グラブが、飛び込んできたボールをつかみ捕る。やや固い表情の中で、小森の目はしっかりとボールの軌道をとらえていた。

「と……捕った」

薫がぽつりとつぶやく。

小森は余韻を確かめるように、グラブの中を見つめた。

「す、すごい……これが本田君の球……！」

一直線に小森に駆け寄った。胸ぐらをつかみ、乱暴に立たせる。

「お……おい、すげーじゃん！　なんでいきなりオレの球が捕れんだよ！　お前、どこで野球やってたんだ!?」

「え……どこってわけじゃないけど……小さい時からお父さんとキャッチボールやってただけだよ……」

「キャッチボール？」

「うん……お父さん、昔ブルーオーシャンズのキャッチャーだったんだ」

「オーシャンズの……!?」

「うん。二軍で三、四年やってただけだけどね……」

意外なことばかりだった。プロ選手の父親に指導を受けたのなら、あの見事なキャッチングにも納得がいく。

「ぼく、野球ってお父さんと遊びでやったことしかなかったから、ずっとやってみたいと思ってたんだ」

「だったらなんで早くオレんとこへ来なかったんだよ！　あんなに張り紙して、仲間募集したじゃねーか！」

「ごめん……沢村君たちが怖かったから……」

唇を噛み、うつむく。

「でも……昨日本田君に『本気でぶつかったことあるのか』って言われて、なんだかすごく悔しくて……ぼく……勇気出してみて、やっぱりよかったよ！」

そう言うと、小森は顔を上げた。晴れやかさの中に、穏やかな自信が覗いている。

昨日と同じ目だ、と思った。

安藤の店で、吾郎に投げられた熱い視線。そこに揺れていたのは、抑えきれない野球への思いだった。思いを遂げるため、小森は一歩を踏み出した。その一歩が八人目の仲間と、信頼できるキャッチャーをチームにもたらしたのだ。

小森が仲間になってくれて、本当によかった……。

三人をうながすように、一時間目の予鈴が鳴った。

「気をつけろよな、本田」

体育館へ向かう途中で薫が言った。

五時間目は跳び箱のテストだ。早くに来て練習している者がいるらしく、踏み切り板の音が渡り廊下まで響いてくる。

「沢村のやつ、ずっとお前のこと睨んでたぞ」

「ふーん」

吾郎は、体操服についた糸くずをつまみ上げた。

「別に沢村なんて怖かねーよ」

「あいつのことだから、なんか卑怯《ひきょう》な手を使ってくるかもしれねーだろ。小森も注意しとけよ。あいつらから見たら、一応裏切り者になるわけだし」

「そんな、脅かさないでよ……」

少し後ろを歩いていた小森が、不安そうな声を出す。

「心配すんな。イザとなったらオレが守ってやるって」

「う、うん……あ！」

小森が立ち止まる。

「どした？」

「体育館シューズ忘れちゃった！　先行ってて」

慌てて校舎へ引き返していく。

「かー、ドジだね」

「急げよ！」

声をかけ、体育館へ向かった。

板張りの広々とした空間に、二台の跳び箱が並んで置かれていた。何度も走っては跳び越える者。ボールをぶつけ合ってはしゃぐ者。壁際に並んで座り込んでしゃべっている者。それぞれ好き勝手に授業開始を待っている。

間もなくチャイムが鳴ろうという時間になっても、小森は戻ってこなかった。

「おせーな、小森のやつ」

「なあ……あいつらに捕まってるってことないよな？」

薫が眉《まゆ》をひそめる。

「沢村たちもまだ来てねーみたいだし……」

「そんなわけねーだろ。たぶん、靴が見つかんないんだよ」

そう言ったものの、気になった。

「……オレ、ちょっと様子見に行ってくるわ。遅れるかもしんねーから、先生に言っといてくれよ」

「お、おう」

体育館を出ると、小声で話す声が聞こえた。

「どーする？　やっぱ止めたほうがいいんじゃ……」

「ほっとけよ。こっちまで本田に睨まれたら、とんだとばっちりだろ」

沢村の取り巻き二人が、扉のかげで深刻そうな顔を寄せ合っている。

「よう、本田が何だって？」

声をかけると、二人は飛び上がった。

「ほ、本田⁉　待ってくれ、オレたち、やめようって言ったんだ……！」

「沢村のやつが勝手に……！」

「ああっ、何の話だよ？」

「さ、沢村が……お前のグローブ燃やしてやるって」

何……⁉

体がカッと熱くなった。口の中が一気に渇いていく。

グラブは教室の机の中だ。取ろうと思えば簡単に取れる。教室を出たのが十分前。こっそりグラブを持ち出し、何かするには充分すぎる時間だ。

物も言わず、駆けだした。

校庭を横切り、飼育小屋の脇を通って校舎の裏へ回る。途中で見知らぬ先生が声をかけてきたが、目もくれなかった。

たぶんあそこだ。あそこしかない。

校舎裏の一角に、落ち葉を集めて焼く場所がある。あそこなら、誰にも見とがめられる心配はない。グラブを投げ捨て、どこかからくすねてきたライターで火を点《つ》ける。

沢村の薄笑いが頭に浮かんだ。

くそっ……許さねーぞ、沢村！

目的の場所へ近づくと、争う声が聞こえた。

「離せよ、この野郎！」

「イヤだ！」

足を止める。

吾郎のグラブをがっちりと胸にかかえ、小森がうずくまっていた。その背中を、沢村の膝が容赦なく蹴りつける。

「本気で蹴るぞ、てめえ！　とっととよこせっつってんだよ！」

「イヤだ！　絶対に渡さない……！」

「本田のグローブがそんなに大事かよぉ！　なんでてめーがそこまで必死になってんだ！」

「……仲間だからだ！」

強い目で沢村を見上げる。

「ぼくのこと、本田君は大事な仲間って言ってくれたんだ……仲間のピンチを黙って見てるなんて、できないよ！」

小森……。

立ち止まったまま、吾郎はその光景を見つめた。

沢村がグラブを持ち出すのを、小森は教室で目撃したのだろう。ここまで追ってきて、燃やされる前に体を張って止めた。

仲間だから、見過ごせなかった。仲間だから、怖かった沢村に向かっていった。ケンカは苦手だけど、うずくまってグラブを守ることしかできないけど、仲間だから……。

じっと耐える小森の姿に、吾郎はその言葉の重い響きを重ねていた。

「仲間だとぉ？　ふざけんな！」

小森の答えに、沢村は逆上した。

「調子に乗りやがって、この裏切りヤローが！　本田の野球チームなんて、どーせすぐつぶれるんだ！　そしたら、今まで以上にこき使ってやるからな！」

「ぼ、ぼくは……」

「てめーは一生、オレらのカバン持ちなんだよ！　泣きながら命令聞いてんのがお似合いだぜ！」

ぶるっ、と体が震えた。怒りが腹の底からこみ上げてくる。

手近な小石を拾って投げると、沢村の後頭部に命中した。

「いてっ……!?」

振り返った沢村が凍りつく。背中への攻撃が止《や》んだことで、小森も吾郎に気づいた。

「本田君……！」

「て、てめえ、なんで……」

「お前の取り巻きどもがチクってくれたんだよ」

「あいつらが……!?」

「オレを本気で怒らせたな、沢村。仲間に手を出したら許さねえって言ったはずだぜ！」

ゆっくりと、沢村に近づく。

「ハ、ハハ、やる気かよ……親父《おやじ》に報告しねーとな。商店街チームとやる前に、暴力事件でドルフィンズ解散かぁ？　いいのかよ！」

「うるせーな。親父に言いつけたり、こっそりグラブ燃やそうとしたり、お前それでも男かよ！　文句があんなら正面から向かってきやがれ、クズ野郎！」

ぎりっ、と沢村の奥歯が鳴った。

「くそっ……ナメんなよ！」

引きつった声を上げ、突進してくる。

「食らえ！」

沢村のパンチを、吾郎は受け止めた。足払いをかけると、あっけなく地面に転がる。

「どーした、それだけか？」

「うるせえ！」

すぐに立ち上がり、タックルしてくる。思わずよろけた。沢村が足を振り上げる。サッカーのシュートばりの鋭い蹴りを、横へ回ってかわす。バランスを崩した沢村のあごを狙って、固めた拳を突き上げた。

ガッ！　鈍い音がして、沢村が二、三歩後退する。殴られたあごを手で押さえ、呆然と吾郎を見た。泣きそうに顔が歪《ゆが》む。

「い、いてえ……いてーよぉ！　こいつ、マジで殴りやがった!?　小森だって、オレはこんなふうに殴ったことねーんだぞ！」

「それがどーした」

沢村の目を、吾郎は冷やかに見据えた。

「お前の傷はすぐに治っても……長い間イジメられた小森の心の傷は、一生消えないかもしれねえんだ！」

ショックの色が沢村の顔に広がる。小森の顔をまじまじと見つめ、やがて弱々しく目をそらす。

「二度とオレたちのまわりをチョロチョロすんなよな。いこーぜ、小森」

「う、うん……」

小森は、立ち尽くす沢村を心配顔で見つめていたが、何も言わずに吾郎の後を追った。

「……ありがとう、本田君」

飼育小屋の前で、小森は追いついた。

「本田君のグラブ、守ろうと思ったんだけど……結局ぼくのほうが助けられちゃったね」

「何言ってんだよ。礼を言うのはこっちだろ」

グラブを受け取り、笑顔を向ける。

「このグラブ……死んだ親父に買ってもらった、オレの宝物なんだ」

「え……!?　本田君のお父さん、もう……」

「ああ。オレが小学校に上がる前に、事故でな……実は、オレの親父もオーシャンズの選手だったんだ。だからオレ、野球やってんだ」

「ええっ、ほんとに……!?」

「小森の親父さん、キャッチャーやってたんだろ？　じゃあ、昔オレの親父の球を受けてたかもしんねーな」

「へえ、ピッチャーだったの？　帰ったらお父さんに聞いてみるよ！」

はしゃいだ声を上げると、小森は不意に黙った。やがて控えめに、しかしはっきりとした口調でつぶやく。

「……親子でバッテリーになれたら、いいな」

「なれるさ」

吾郎は即答した。

自分の球を、他に捕れる者がいるとは思えない。たとえいたとしても、やっぱりキャッチャーは小森だ。うまく言えないけど、野球の技術的なことだけじゃなく、こいつならどんな球でもきっと受け止めてくれる気がする。

校庭へ出ると、薫が駆けてきた。

「グローブは無事かぁ、本田！」

どうやら、沢村の取り巻きから同じ話を聞いたらしい。

「ああ、大丈夫だ。ていうかお前、先生にオレらのことうまく言っといてくれたのかよ？」

「あ……」

跳び箱のテストには、三人揃って遅刻した。小林は罰として、体育館十周のランニングを命じた。

仲間、か。

横を走る小森と薫を見ながら、吾郎は心の中でつぶやいた。心地よい満足感が体を満たしていく。

よーし、あと一人だな……！

五分ほどして、沢村が体育館へ姿を現した。小林に怒鳴られ、黙々と走りはじめる。

その日、沢村と取り巻き二人が目を合わせることは一度もなかった。

翌日からは、三人で手分けしてのメンバー探しとなった。四年生のクラスを一つずつ回り、粘り強く誘いをかける。女子生徒の勧誘は、薫がまとめて引き受けた。

金曜の昼休み。屋上へ行くと、小森が冴《さ》えない顔で迎えた。

「本田君、どうだった？」

「ダメダメ。ピアノ、水泳、塾……みーんな忙しくて野球なんかやってるヒマないってよ」

「そっか……ぼくのほうも全然。清水さんは誰か連れてこないかなぁ」

「女じゃなおさらいねーだろ……」

コンクリートの床に座り、足を投げ出す。

もどかしさがつのる。せっかく八人まで仲間を集めても、あと一人が見つからずにチームがつぶれることだってあり得るのだ。できることなら、メガホンで呼びかけながら町を練り歩きたい気分だった。

昇降口のドアが開き、薫の顔が覗いた。小森が期待を込めて声をかける。

「清水さん、どうだった？」

「それが……」

薫の背後から、もう一人の人物が現れた。

吾郎は反射的に立ち上がる。

「てめえ！　二度とオレたちのまわりをうろつくなって……」

「待って！」

詰め寄ろうとするのを、薫が止めた。

沢村は、神妙な顔つきで立っていた。目つきにいつもの険しさはなく、うつむきがちにうろうろと視線を巡らせている。やがて、何かを決意したように小森の前へ進み出た。おずおずと重い口を開く。

「小森……オレのこと恨んでるよな？」

「え……？」

「当然だよな。三年間もお前をイジメてきたんだから……けど……こんなこと言ったら、また本田に殴られそうだけど……オレ、お前がイジメられて恨んでることに気づかなかった……」

苦しげに息を吐き出す。

「抵抗もしねーし、一緒に笑ってる時もあったから……オレらと一緒にいるの、そんなにイヤじゃねーのかなって……ただ友達同士のゲームのようにしか思ってなかったんだ……」

小森は黙って聞いている。沢村の態度に戸惑って、言葉が出てこないようだった。

薫が代わって口をはさむ。

「それって、いつも鬼の決まってる鬼ごっこってことだろ。楽しいのはお前らだけじゃねーか」

沢村は、じっと足元のコンクリートを見つめた。また一つ、苦しげな息が漏れる。

「今さら許してくれとは言えねえけど……ごめんな、小森……！」

うなだれたまま、頭を下げる。その背中を、小森が目を丸くして見ていた。

顔を伏せたまま、沢村はきびすを返す。歩きだそうとして、ふと吾郎を見た。

「本田……もし野球の人数足りなかったら、オレでよけりゃいつでも手伝うぜ」

「何……!?　でもお前、サッカーチームに……」

「いいんだよ。お前らには迷惑かけたし、それに……」

殴られたあごの傷を指でなでる。

「お前らのこと見てて、仲間ってこういうもんだよなって……オレ、ようやく分かった気がするんだ。だから……今ならオレも、本当の仲間ってやつが見つかるかなって……」

そこまで言って、気づいたように口をつぐむ。

「でも、小森はもうオレの顔なんて見たくねーよな……」

「そ……そんなことないよ！」

小森がようやく口を開いた。沢村が目を上げる。

「一緒に野球やろうよ！　だって……だってもう、昨日までの沢村君じゃないもん。ぼくたち、今度は本当の友達になれるよね？　約束だよ！」

小指を立てて、沢村の前に差し出す。

くしゃくしゃと、沢村の顔が歪んだ。

「……ああ！」

ぎこちなく伸ばされた小指が、小森の指と交わる。

二人の姿を見て、吾郎はふっと表情を緩めた。

ま、いーか。小森が決めたんだもんな。

最後のメンバーは、こうして思いがけない形で決まった。


家へ帰るとすぐに、安藤から電話があった。

「吾郎君？　商店街チームとの試合だけどね……今週の日曜に決まったよ」

「今週⁉　それってあさってじゃん！　今日やっと九人集まったとこなんだ。それじゃや早すぎて練習もできないよ！」

「いやあ、それが連中、来週からリーグ戦があるとかで、この日しか取れないらしいんだ……」

安藤の声が、すまなそうにすぼまる。

「それに……練習するったって、その練習場が使えないんだからねえ」

そうだった。グラウンドが使えない以上、全員を揃えての練習はどのみち無理なのだ。こうなれば、ぶっつけ本番で試合に臨むしかない。

力になれないことを何度も詫《わ》びながら、電話は切れた。

あさってか……。

チームメイトの顔を思い浮かべてみる。

練習を見たかぎりでは、現ドルフィンズの五人にはほとんど期待できないだろう。

野球未経験の薫と沢村は論外だ。守備位置でも打席でも、ただ立っているだけと思ったほうがいい。

小森は、父親と何度かバッティングセンターへ行ったことがあると言っていた。このチームではクリーンナップだろうが、相手は大人だし、打点まで望むのは難しそうだ。むしろ、キャッチャーを確保できただけでもラッキーと考えるべきだろう。

ふっ、と強気な笑みが浮かぶ。

なーんだ。簡単じゃん。オレがホームラン打って、相手を全部三振に取りゃいいんだ……！

今日まで、一日だってトレーニングを欠かしたことはない。ピッチングもバッティングも、誰にも負けない自信がある。ようやく本物のゲームで、本物のマウンドから自分の力を試せる日が来たのだ。

電話の前を離れると、棚の上の写真立てが目に入る。

おとさん……オレ、おとさんに追いつくまで、絶対誰にも負けないかんね！

写真の中で微笑む父に、吾郎は力強く誓った。

雨の中の熱戦

グラウンドへ着くと、商店街チーム――三船アタックスの守備練習がはじまっていた。

監督らしい太った男が、矢継ぎ早に鋭いノックを放つ。三塁手が腰を落とす。すくい捕り、素早くセカンドへ送球。二塁手がそれをつかむ。ベースを踏み、振り向きざまファーストへ。一塁手のミットへ飛び込む。

見たところ、全員が三十代から四十代のオジサンたちだ。お腹《なか》の肉がベルトに乗ってる選手もいる。なのに、その動きは流れるようになめらかだ。

やっぱり無理だよ、本田君……。

小森大介《だいすけ》は不安な顔で、横で練習を眺めているチームメイトの面々に目をやった。

彼らと初めて顔を合わせたのは、昨日のことだ。安藤の店に集まり、試合に向けてのポジション決めを行った。とは言っても、あらかじめ吾郎が決めてきたポジションを発表しただけだったのだが。元々ドルフィンズのメンバーだった五人から文句のひとつも出るかと思ったが、心配は無用に終わった。別にどこでもいーや。それが、彼らが発した唯一のコメントだった。

「ハハ……こりゃ試合になんねーな」

グラウンドを眺めながら、出っ歯の前原《まえはら》が他人事《ひとごと》のように言った。昨日、「どこでもいーや」と言ったのはこの少年だ。

「ああ。絶対勝てるわけねーよ」

暗い声で、夏目《なつめ》が応じる。神経質な性格なのか、ゴムのゆるいソックスを何度もたくし上げている。

「別にいいんじゃないの、負けたって」

長身の田辺《たなべ》が、のんきな声を出す。厚い唇のせいで、雰囲気がどことなくナマズを思わせる。

「そーそー。どうせドルフィンズはなくなるんだし」

小柄で目の細い長谷川《はせがわ》が、ゲーム機から目を離さずに言った。昨日初めて会った時から、ゲーム機を持っていない姿をまだ見ていない。

「そしたら、朝から塾へ行けるかな……」

メガネをかけた鶴田《つるた》が無表情につぶやく。チームの行く末よりも、塾のスケジュールのほうが重大な関心事らしい。

五人が五人ともやる気がないのがすごい、と思った。グラウンドを取り戻してドルフィンズを守ろうという決意は、彼らからまったく感じられない。

まあ、仕方ないかな……。

小森はグラウンドに目を戻した。

草野球の大会で準優勝しただけあって、三船アタックスの実力はかなりのものだ。ほとんどが高校野球の経験者という噂《うわさ》も、ウソではないだろう。前原の言うとおり、まともな試合になるかどうかも疑わしい。

「なあ小森。本田のやつ、本気であの連中に勝つつもりなのか？」

腕組みしながら、沢村が尋ねた。

「う、うん。そう言ってたけど……」

口ごもりながら答える。なんだかぎこちないな、と自分でも思う。沢村と、こうして普通に会話していることが嘘《うそ》みたいだ。

本田吾郎がいなかったら、彼と出会っていなかったら、こうして沢村と友達になることも、あこがれていた野球チームに入ることもなかっただろう。あの出会いから、いろんなことが音を立てて変わっていった。不安もあるけど、今はそれが楽しい。できることなら、ずっと本田君と一緒に野球をやっていきたい。

でも……そのためには、試合に勝たなきゃいけないんだよなぁ。

勝負にならない。敵も味方も含めて、この場にいる誰もがそう思っているだろう。が、小森は勝つ可能性がゼロだとは思わなかった。

あの日、学校の屋上で受け止めたのだ。グラブを通して伝わってきたあの手応《てごた》えを、とんでもない威力を秘めたボールのすごさを、自分だけは知っている。あのボールなら、何かを変えてくれるかもしれない。本田君の野球への情熱がぼくらを変えていったように、あのボールなら……。

「おーい、みんな！」

土手の上に車が停《と》まり、吾郎が降りてきた。安藤と薫も一緒だ。

「道具とユニフォーム持ってきたぞ！」

真新しいユニフォームを手にして、さすがにメンバーのテンションも上がった。自分の背番号をわれ先に奪い取る様子を、安藤が微笑んで見つめる。

「いつか試合することもあるだろうと、作っといてよかったよ」

しみじみと続ける。

「このユニフォームを着るのは最初で最後になるだろうけど……今日はみんなで楽しく試合やって、いいお別れ会にしような」

「何言ってんだよ、おじさん！」

吾郎がキッと安藤を見る。

「オレ、そんなつもりでこの試合企画したわけじゃないかんね！　縁起でもないこと言わないでよ！」

「吾郎君……」

「やあ、どーもどーも」

沢村会長が近づいてきた。薄笑いを浮かべ、手を差し出す。

「今日はまあ、楽しくやりましょう。商店街チームにも、手加減するように言ってますから」

「は、はあ……」

安藤がその手を握るより先に、吾郎が二人の間に割り込んだ。沢村会長の顔を正面から睨む。

「こっちはグラウンドがかかった真剣勝負に来てんだ！　手加減すんのは勝手だけど、こっちが勝ったら、ちゃんと約束は守ってもらうからな！」

やっぱり、本気で勝つつもりなんだ……。

チームメイトが、不思議な生き物を見るように吾郎を眺める。みんなが親善試合と割り切っている中、吾郎の真剣ムードは明らかに浮いていた。

沢村会長は、白けた顔で手を引っ込めた。

「はいはい、分かってるよ」

立ち去ろうとして、ふと目を止める。

「涼太《りょうた》……涼太じゃないのか⁉」

コソコソと背を向けて小さくなっていた沢村が、ばつが悪そうに振り向いた。

「あ……これはこれはお父さん。ハハ……」

「なんでお前がこっちにいるんだ！　このグラウンドが、ウチの専用になるかどうかがかかってる試合なんだぞ！」

「いやあ……サッカーもいいけど、野球も悪くないかなって……」

「大会前だってのに、つまらんケガでもしたらどうするんだ！　つぶれるチームにわざわざ手を貸したってしょうがないだろ」

「つ……つぶれるかどうかなんて、やってみなきゃ分かんないだろ！　友達がピンチだってのに、放っておけって言うのかよ！」

沢村会長は、呆れたように息子を見つめた。

「……まあいい。とにかくケガだけはするなよ」

それだけ言って、相手チームのベンチへと戻っていく。

「やるじゃん、沢村」

「へっ」

吾郎に声をかけられ、沢村が照れくさそうに鼻をこする。

友達——沢村が自分たちをそう呼んでくれたことが、小森は何より嬉しかった。

沢村会長と入れ代わりに、相手ベンチから監督の大久保《おおくぼ》がやって来た。安藤と試合のルールについて簡単に打ち合わせる。ゲームは六回まで。ドルフィンズの先攻と話は決まった。

ユニフォームに着替えていると、鋭くミットを鳴らす音が響いてきた。

アタックスのピッチャーは、口ひげをたくわえた吉野《よしの》という長身の男だ。普段は喫茶店の店長をしているため、チームメイトからマスターと呼ばれている。

その吉野が、マウンドで投球練習を行っていた。力の入った重いボールが、テンポよくキャッチャーのミットに吸い込まれる。

「は、はえぇ!?」

「あんなの打てっこねーぞぉ!?」

前原たちが口々に叫ぶ。

吾郎は黙って、じっと吉野の投球を見つめていた。やがて、その口元がふっと緩む。

「小森、言ったよな……親父さんとキャッチボールばっかやってて、ずっと本当の野球の試合がしたかったって。オレもそうなんだ」

「え……?」

「おとさん……親父が死んでから、ずっと一人でトレーニングしてた。オレにとって、今日が初めての試合なんだ……やっぱ、ワクワクするよな、試合って!」

心底嬉しそうな笑顔だった。

規定の投球数が終わると、審判がプレイボールを告げた。一番バッターの長谷川が、自信なさそうに打席に立つ。先生に怒られて立たされてるみたいだ、と小森は思った。

吉野が振りかぶり、一球目を投げる。

「そらよっ」

意外にも、緩い山なりのボールがスパン、とミットへ収まった。

「えっ？」

バットを構えたまま、長谷川が戸惑った声を出す。驚いたのは小森たちも同様だった。

「……そーかぁ、やっぱり手加減してくれるんだよ！」

「あれなら打てっかもしんねーぞ！」

チームが沸き立つ中、吾郎だけが不満そうにつぶやく。

「バカにしやがって……後悔すんなよな」

長谷川は、俄然《がぜん》やる気が出たようだった。吉野のスローボールに、積極的に食らいついていく。が、結果は力みすぎて三振。

続く二番の前原も、長打を狙って大振りした挙げ句、三振。あっと言う間にツーアウトだ。

「なーにやってんだよ、あんなスローボールに！　お前ら、仮にも野球経験者だろーが！」

二人を怒鳴りつけると、吾郎は真剣な目を小森に向けた。

「絶対打てよ、小森！　オレまで回せ！」

「うん」

うなずき、打席へ向かう。

吉野のスローボールは、正確にストライクゾーンの真ん中を通過した。完全に、打たせるための球だ。

これなら打てるかも……。

二球目。大振りにならないよう注意して、小森は打ち返した。カン！　確かな手応えを残し、打球が内野の頭上を越えていく。

試合で打った初めてのヒットは、ドルフィンズの初安打となった。スローボールだから打てて当然とはいえ、やはり嬉しい。

「いいぞ、小森！」

「ナイスバッチン！」

にわかにベンチが盛り上がる。

「よーし！　あとは任せとけ！」

バットを肩にかついで、吾郎が打席へ向かった。足の位置を決め、構えを取る。自信にあふれた目がマウンドを見つめる。

打たれて慌てた様子もなく、アタックスの選手たちは相変わらずのんびりムードだ。

「いいねえ、子供相手はほのぼのしてて」

言いながら吉野がゆっくりと投げる。今までと変わらないスローボールだ。

無表情に見送った吾郎が、誰にともなく言った。

「いいの？　こっちの実力も確かめずにこんなことしてて」

え？　とキャッチャーが見上げる。

次の球。迫ってくるスローボールに狙いをさだめて――

「子供に負けてから悔しがっても……知らないよ！」

きれいにバットを振り抜く。

曇った空に高々と上がったボールは、ぽかんと見上げているピッチャーと内野の頭を越え、さらに外野の上も通り越し……グラウンドの外へ消えた。

「じょ……場外ホームラン!?」

一塁ベースの上でア然と見ていた小森の元へ、バットを捨てた吾郎が平然と駆けてくる。

「なに突っ立ってんだ、小森？　早く回れよ」

「う……うん！」

驚きから覚めると、ベンチに喜びの声が上がった。ホームベースを踏んで戻ってきた小森と吾郎を、みんなが笑顔で迎える。一番興奮しているのは安藤だった。

「いやあ、すごい！　すごいホームランだ！　吾郎君はやっぱりただ者じゃない！」

抱きしめようとする安藤の手から、吾郎が慌てて逃げる。

「だってスローボールじゃん。打っても嬉しかないよ」

「そんなことはない！　スピードのある球なら勝手に跳ね返ってくれるけど、スローボールを遠くへ飛ばすのはとても難しいことなんだ！　完璧《かんぺき》にバットの芯《しん》でとらえるバットコントロールと、理想的なバッティングフォームを、わずか九歳にして……」

「毎週バッティングセンター行ってりゃイヤでもできるようになるよ。そんぐらいできなきゃ、プロになれっこないじゃん」

当然のように答える吾郎を、小森はまじまじと見つめた。

プロになる。普通の小学四年生だったら、単なるあこがれでしかないだろう。が、吾郎が言うと真実味があった。これまで一人でやってきたというトレーニングも、プロ野球選手という目標をしっかりと視野に入れてのものだったに違いない。

続く鶴田はキャッチャーフライに倒れ、チェンジとなった。守備に向かいながら、スコアボードに目をやる。ドルフィンズの初回に、2点の数字が書き込まれていた。

「よし……あとは2対0でオレが逃げきるだけだな」

そう言うと吾郎は、自信ありげにマウンドへ向かう。

先取点を取られても、商店街チームのベンチはなごやかだった。笑い声の合間に、最近見つけた焼鳥屋の話などが聞こえてくる。本気を出せば逆転できると信じているからだろう。

ホームベースの後ろに座り、小森は足元の土をならす吾郎を見つめた。

さあ、行こう、本田君。

ミットを構える。

見せてやろうよ……！

ゆっくりと振りかぶり、吾郎は投げた。パァン！　グラウンドにミットの音が響きわたる。すべての人々の動きが止まった。

小森からの返球を受け、吾郎は躊躇《ちゅうちょ》なく次の投球にうつる。また、ミットが鳴った。口をあんぐりと開け、商店街チームの面々がグラウンドを見つめる。小学生だよな……？　そんなつぶやきが聞こえた。

ドルフィンズの面々はぽかんと立ったまま、投げる吾郎の背中を見ていた。「オレ、フライとか捕れねーぞ！」そう言ってビビっていた沢村も、「捕ったらどこへ投げたらいいんだっけ？」そんなトンチンカンな質問をしていた薫も、「守備は苦手だからなぁ」「守備も、だろ？」笑いながら守備についた前原たちも、全員が息を呑んで吾郎の投球練習を見守っている。

すげーな、こいつ……。

みんなの思いが伝わってくる。

守備なんていらないんじゃないか……!?

アタックスの一番バッターが、やや緊張した面持ちで打席へ入る。審判が手を上げた。

「プレイ！」

一つ深呼吸すると、吾郎は両腕を振り上げた。体重を乗せ、足を踏み出す。速球がうなりを上げ、真ん中低めへ飛び込んできた。

「ストライーク！」

審判が高々とコールする。

「はえーな、おい……」

バッターが息を吐き出す。

次の球は、アウトコースいっぱいだった。

「ストライクツー！」

見送ったバッターが、しまった、という顔をする。スピードだけでノーコンかも……。そんな思惑は、あっさり裏切られた。

三球目。初めてバットが振られた。当たりそこねのファールになる。

またストライク……？

ボールを投げ返しながら、小森はふと違和感を覚えた。

強気でいくのはいいけど、少し散らしたほうが……相手は大人なんだし……。

タイムをかけて相談しようか。迷っている間に、吾郎はすでに投球モーションに入っていた。一球目と同じコースだ。

また……!?

カァン！　力強いスイングがボールをとらえた。打球はぐんぐん伸び、グラウンドを囲んだ金網に直接当たる。

「セ、センター！」

立ち上がり、叫ぶ。

突然飛んできた打球に、外野陣は慌てふためいた。沢村が必死に追いつき、ボールを拾う。ぼーっと見ていたショート前原のバックアップが遅れ、沢村の返球がとんでもない方向へそれ、サード夏目がそれをトンネルし……二重三重にもたついている間に、バッターはベースを一周して戻ってきた。

「はい、ランニングホームランね」

悠然とホームベースを踏む。

吾郎は、呆然と立ちすくんでいた。タイムをかけ、マウンドへ駆け寄る。

「ドンマイドンマイ、まだ2対1だよ！　球は走ってるよ！」

「まぐれだよな……」

小森の声が聞こえないように、吾郎はつぶやいた。

「まぐれ当たりに決まってらぁ……！」

「ほ、本田君……」

「決めたんだ……おとさんに追いつくまで、誰にも負けないって……こんな草野球チームに、オレの球が打たれてたまるか……！」

それ以上何も言えず、小森は守備位置へと引き返した。

本田君のショックは分かる……でも……。

二番バッターが打席へ入る。

全身に闘志をみなぎらせ、吾郎が振りかぶる。全力を込めて放ったボールは、ど真ん中へ入ってきた。

まずい……！

カンッ！　バットの芯がボールをとらえる音が、グラウンドにこだました。

「あらやだ……あの子打たれてるわ」

桃子が土手の上に自転車を停めた時、大きなフライが上がった。頭の上を越えた打球を、子供たちが慌てて追いかける。女の子と後ろ髪のはねた男の子が、同時にボールを拾おうとして頭をぶつけた。思わず笑ってしまう。笑い声を聞いて、ベンチの安藤が振り返った。桃子に気づくと立ち上がり、軽く会釈する。

「あ、たしか、吾郎君の……。本田さんのお葬式で一度……」

「はい、その節はどうも……いつも吾郎がお世話になってます」

「いえいえ、こちらこそ。どうぞどうぞ」

すすめられるまま、ベンチに座った。

グラウンドでは、ようやく外野からボールが返ってきたところだ。慌てているのか、誰かにボールが渡るたびに落としたり投げそこねたりしている。野球のことはよく分からないが、お世辞にもうまい守備とは言えないようだ。

その間に、バッターがホームベースを踏んだ。相手チームの選手が、スコアボードに2の数字を書き込む。2対2の同点に追いつかれたということだろう。

　マウンドに目をやると、吾郎が放心したように立ち尽くしていた。

「球は速いんです……」

　安藤がすまなそうに言う。

「あの歳《とし》で、もう中学生なみの球を投げてます。さすがは本田茂治の息子さんです……しかし、高校野球まで経験した大人たちには、ちょうど打ちごろの速さなんです。やる前からこうなることは、うすうす分かってました」

　ベンチへ戻ったバッターが、チームメイトに手荒く迎えられる。さえない顔で守っている子供たちとは、やけに対照的だ。

「かわいそうなことをしました。ちゃんとしたリトルの試合で、デビューをさせてあげたかった……こんなことで自信をなくしたり、野球を嫌いになったりしなければいいんですが……」

「いいんです」

　桃子は笑顔を向けた。

「こんなことでダメになるんなら……あの子にとって野球はその程度のものでしかなかったってことですから」

　安藤が黙って見つめる。グラウンドに目を戻し、桃子は続けた。

「それよりも、世の中には大切なことがいっぱいあります。今はあの子が、親から授かった野球を通じて、それらを学んでくれたらそれでいいんです」

大切なこと――それが何なのか、はっきりと言葉にすることはできない。一つだけ確かなのは、壁にぶつかり、くじけた時にこそ人は多くを学べるということだ。得意の野球で簡単に結果を出し、人生なんてこんなものさ、と夕力をくってしまうことのほうがはるかに恐ろしい。

カン！　次の打者もヒットを打った。打球は内野手の間を抜け、鋭く外野へ転がっていく。ようやく外野手が追いついた時、バッターは楽々一塁へ達していた。

吾郎が悔しげに足元の土を蹴る。

その様子を、桃子は微笑んで見つめた。

しっかりしなさい、吾郎。おとさんが見てるわよ。

吾郎は知っているはずだ。壁を越えようとする時、人がどれほど強くなれるかを。

その努力がどんなに尊いものかを。

ひじの故障で、プロ投手としての道を断たれた茂治の苦悩は、想像を絶するものだったろう。それでも、茂治の闘志は消えなかった。吾郎のために、野球が大好きな息子のために、自分は野球をやめるわけにはいかない。思い悩み、信じられない努力を重ね、茂治は打者として復活するという奇跡をなし遂げた。

その父の姿を、吾郎は誰よりも近くで見てきたのだ。

――ぼくは別に、吾郎に一流の野球選手になってほしいわけじゃないんです。

いつだったか、茂治が桃子に言った。

――あの子にはあの子の人生がある。ぼくはただ……。

「吾郎には、自分も周りの人も幸せにできるような人になってほしい……そう本田さんは言ってました」

「……そうですか。いや、吾郎君はいいご両親を持ちました」

「い、いえ、あたしなんかまだまだ……」

慌てて否定する。

吾郎の母親代わりになって、まだ三年。毎日が挑戦と反省の連続だ。

もっともっと成長しなくちゃね。あなたも、あたしも……。

マウンドの周りに、チームメイトが集まっていた。汗を拭《ぬぐ》う吾郎に声をかける。

「ストライク投げすぎなんじゃねーの？　もっと散らしていけよ」

「変化球投げれねーのか？　ストレートだけだから打たれんだよ」

「もうちょっと緩急つけてみたらどうだ。スローボールならタイミング合わねーかもよ」

「うっせーな！」

イライラと吾郎がさえぎる。

「ろくな中継プレーもできねえクセに、偉そうなこと言ってんじゃねーよ！」

「な、何っ……！」

選手たちがいきり立つ。

「オレたち、五年生でチームの先輩だぞ！　四年で新入りのくせに、その態度はねーだろ！」

「勝負の世界に先輩も後輩もあるかよ！　じゃあ、お前らが代わりに投げるってのか!?　いいから戻れよ！」

吾郎に追い払われ、しぶしぶ守備位置へ戻っていく。

「なんだよ、あいつ……」

「まいったね、ボス気取りかよ」

口々に不満の声が漏れた。

あの子……。

桃子は眉をひそめる。

保育園の担任として初めて出会った頃から、吾郎は一人ぼっちでトレーニングを続けてきた。ヒマさえあれば、壁に描いた的にゴムボールをぶつけている。そんな子供だった。一緒に野球をする友達がいないという事情もあっただろう。でも、それは決して本当の野球ではないのだ。

次の打者が、高めの球を引っかけた。サードへのゴロになる。

「オーライ！」

三塁手の少年が前進し、グラブを出す。そこへ、マウンドから吾郎が駆け込んできた。

「ジャマだよ！」

ひじで三塁手を突き飛ばし、強引に打球をつかみ捕る。内野陣がア然と息を呑んだ。

「ファ、ファースト！」

小柄なキャッチャーが立ち上がり、指示を出す。それを無視して、吾郎はセカンドを振り返った。

「間に合うよぉ！」

セカンドへ投げる。タイミングはギリギリアウト。が、送球が高めに浮いた。ベースカバーに入ったショートの選手がボールをはじき、ランナーは二塁へ滑り込む。

「セーフ！」

塁審のコールが響く。

ダブルプレーを狙ったはずが、結局アウト一つも取れず、ノーアウト一、二塁。最悪の結果となった。

「何やってんだよぉ！　どいつもこいつもオレの足引っぱんなよ！」

チームメイトを睨みつけ、吾郎が怒鳴る。

「……やーめた」

冷めた声が聞こえた。ショートを守っていた出っ歯の少年だ。

「バカバカしくてやってらんねえぜ。一人でやってろよ、天才野球少年！」

言い捨てると、さっさとベンチへ帰っていく。

「オレも」

「オレもや－めた」

内野陣が次々と続く。

吾郎は一人、マウンドに取り残された。去っていく仲間たちの背中を呆然と見送る。

ベンチへ戻ってくる選手たちを見て、安藤は慌てた。

「こ、こら！　お前ら……思いなおせ！　これが最後の試合なんだぞ！」

「イヤですよ、あんな勝手なやつと野球やるの」

誰一人、グラウンドへ戻る気はなさそうだ。

みんなの気持ちが分かる、吾郎？

桃子は、マウンドに突っ立っている吾郎に目をやった。

野球は一人ではできない。いや、野球にかぎらずどんなスポーツでも、仲間との信頼や友情があってこそ、その先の勝ち負けに意味がある。

こんな時、本田さんならどうするかな……。

桃子は少し考え、立ち上がった。

「ねえ、ぼくたち。何もぼくたちがやめることないわよ。悪いのはあの子なんだから」

誰？　という顔で選手たちが見上げる。

「だって、あいつが一人で野球やってんだもん……こんなの全然楽しくないよ」

「じゃあ、こうしよう」

マウンドの吾郎を指さし、桃子は言った。

「あの子はピッチャークビ！　それならいいでしょう？」


くっそ〜、なんでオレがキャッチャーなんか……。

吾郎はぶつぶつ文句を言いながら、ホームベースの後ろに座った。

「じゃ、行くよ〜、本田君」

照れくさそうにマウンドに立った小森が、投球練習をはじめる。

アタックスの選手たちが、突然のバッテリー交代を呆れたように見つめている。が、一番呆れているのは吾郎自身だ。

どーいうつもりだよ、かーさん。

ベンチに座った桃子を見る。

試合を見に来るとは聞いていたが、あんなことを言いだすとは思いもよらなかった。

「あの子はピッチャークビ！　それならいいでしょう？　誰が投げるか、みんなで決めてやり直そ！」

「ちょ……ちょっと待てよ！」

慌ててベンチへ駆け寄った。

「なんでオレがマウンド降りなきゃいけねーんだよ！　オレ以上に投げられるやつなんて、いないんだよ！」

「よく言うわね」

桃子が冷やかに吾郎を見た。

「あんなにバカスカ打たれて。思い上がりもいい加減にしなさいよ！」

スパン。小森の球がミットに収まる。コントロールはまあまあだが、スピードはあまりない。

本当なら、あのマウンドからビシビシ速球を投げて、三振の山を築くはずだった。先頭打者から連打を浴びるなんて、考えもしなかった。焦ってイライラしていたのは確かだ。バックはあてにできない。自分がなんとかしなきゃ。その思いから、態度が乱暴になった。

チクショ〜、みんなつまんないことで腹立てやがって……オレをマウンドから降ろして、試合に勝てると思ってんのか!?

話し合いのすえ、ピッチャーは小森と決まった。ストライクが入りそうなのは、小森しかいなかったからだ。そのままポジションを入れ換え、吾郎がキャッチャーということになった。

「仕方ないいんじゃないかな。本田君が悪いんだから……」

小森までが……！

ミットを構えながら、今に見てろ、と思う。

小森が打たれりゃ、どーせオレに泣きついてくるんだ。ピッチャーはオレしかいないって分からせてやる！

ノーアウト一、二塁から、審判が試合再開を宣言した。五番バッターが打席で構える。

一球目を、小森は投げた。フワリと緩やかな軌道で球が飛んでくる。力を抜いたスローボールだ。

「おっ……？」

打つ気満々だったバッターは、完全にタイミングを外された。体を泳がせながら、なんとかバットの先に当てる。

フライが上がった。

「セカン！」

小森が振り返り、指示を出す。

長谷川が緊張した顔でグラブを構える。ほぼそのままの立ち位置で、落ちてきたボールを捕った。

「ナイスセカンド！　ワンナウトぉ！」

小森が指を一本出し、バックに声をかける。

ちぇっ、オレん時はエラーしたくせに……。

吾郎は心の中でボヤいた。フライを捕って気をよくしたのか、長谷川の細い目が嬉しそうに笑っている。

「かーっ、ダセぇなあ」

「いや～、遅すぎて待ちきれねーよ」

打ち取られて戻ってきたバッターと言葉をかわし、ピッチャーの吉野が打席へ入る。

ランナーを気にしつつ、小森が投げた。今度は少し速い球だ。

「おらっ！」

吉野がバットを叩きつける。サードへの強いゴロになる。

伸ばした夏目のグラブを、打球の勢いがはじいた。ボールが前へ落ち、転がる。

「落ちついて！　セカン、間に合うよ！」

小森に声をかけられ、夏目は急いでボールを拾った。セカンドに入った前原へ送球する。ランナーが滑り込むより、一瞬早く球が着いた。

「アウト！」

小森がさらに指示を飛ばす。

「サード！」

三塁を蹴ってホームへ向かいかけたランナーが、げっ、と振り返る。

「一塁へ投げるんじゃねーのか……!?」

前原が、サードへボールを投げ返す。慌てて戻ってきたランナーに、夏目がタッチした。

「アウト！」

スリーアウト、チェンジ。内野陣に歓声が上がる。

「すげーっ、プロみてーなアウトの取り方じゃん！」

「お前、よく野球知ってんなぁ！」

「いやあ、みんなが落ちついて素早いプレーできたからだよ」

小森を囲み、笑顔でベンチへ戻っていく。初めて完成させたダブルプレーに、みんなの声がはずんだ。

ぶすっとした顔で、吾郎も後に続く。

なんでぇ、たまたまうまくいっただけだろ。ただのまぐれじゃんかよ……！

ひと足遅れて、外野陣が戻ってきた。沢村と薫が口々に尋ねる。

「おい本田、お前なんでマウンド降りたんだ？」

「小森に代わったら、あっと言う間にこの回終わっちゃったじゃん」

「うっせーな！　オレが聞きてーよ！」

腹立ちまぎれにミットを投げ捨てる。

「吾郎君」

ベンチに座ったまま、安藤が静かに言った。

「信頼関係って言葉、知ってるかい？」

「え……？」

「今のプレーはまぐれだと思ってるかもしれんが、そうじゃない……投手と野手は、お互いの信頼関係があって初めて、いいプレーができるんだ」

「信頼……」

「チームなんてはじめは、一人一人の点でしかない。でも、その点が信頼や友情で結ばれて線となり、線は円となってチームワークとなる。みんなを信頼せずに一人でプレーする吾郎君を、みんなだって信頼してくれるわけはないだろう？」

チームワーク――

吾郎はその言葉を、胸の中で繰り返した。

確かにはじめから決めつけていた。口では仲間だチームだと言いながら、彼らのプレーをまったく信じていなかった。

オレが全部三振に取るしかない。もし打たれたら、こいつらにアウトなんて取れっこない。アウトなんて一つも……。

みんなは乱暴な態度に腹を立てたのではない。そんなふうに見下している吾郎の心を感じ取ったから怒ったのだ。

だからかーさんは……。

桃子が微笑んで見つめている。

吾郎は顔を伏せた。チームメイトの視線が痛い。

「ご、ごめん……オレ……」

「もういーよ」

前原がさえぎった。

「やっぱこのままドルフィンズがなくなって野球できなくなんの、つまんないもんな」

「ああ。野球って、やっぱおもしれーや」

「オレたちも、真剣さが足りなかったかもな」

長谷川と夏目が次々と口を開く。

「ヘタはヘタなりにがんばっから……みんなでこの試合勝とうぜ！」

照れたように前原が笑った。

「……ああ！」

これが、野球なんだ。

吾郎はようやく、自分がドルフィンズの一員になれた気がした。

九人のチームメイトが個性と個性、長所と短所をぶつけ合って一つの試合を作っていく。一人で勝つより、みんなで勝ったほうが気分いいに決まってる。

二回のドルフィンズの攻撃は三人で終わった。小森が吾郎にボールを渡す。

「頼むよ、本田君！」

「おうっ！」

カン！　レフトにフライが上がる。

「バックバック！　フェンスまでまだ距離あるぞ！」

「オーライ！」

沢村の声を頼りに、鶴田がしっかりと捕球する。

次はショートへのゴロだ。前原が追いつき、グラブですくい上げる。

「ファースト！」

小森の指示で一塁へ送球。田辺が体を伸ばし、球をつかむ。

「オッケー、ツーアウトぉ！」

グラウンドのあちこちで上がる声を、吾郎は心地よく背中で聞いた。

声をかけ合うことで緊張がほぐれたのか、みんなの動きは目に見えてよくなってい
る。守備のリズムがよくなれば、投球のテンポも上がる。余計な力みが肩から消え、
ほどよい熱と力を宿した状態だ。

みんなが守ってくれてる……オレはバッターと思いっきり勝負するだけだ！

ズバン！　打者のバットをかいくぐり、速球が小森のミットに飛び込む。

「ストライク！　バッターアウト！」

その回、ドルフィンズはアタックスに一人の出塁も許さず、三者凡退に打ち取った。

三回——

先頭打者の薫がメチャクチャに振り回したバットに、スローボールが当たった。ノ

ーアウトのランナーにベンチが沸く。

「でかした、清水！」

「ナイスまぐれ～っ！」

「うっせ～！」

薫がベースについたまま怒鳴り返す。

「さてと……」

マウンドの吉野の顔つきが変わった。

「打者一巡したことだし……そろそろ本気でいっとくかな」

ドン！　豪快なフォームから繰り出されたボールがミットに飛び込む。これまでとは打って変わった、威力のある速球だ。

長谷川も、前原も……そして小森も。

バットにかすることすらできず、反撃のチャンスは消えた。

ドルフィンズの面々が、呆然とベンチから見つめる。

「ついに本気になったみたいだな……」

「ああ……この先、簡単に点は取れそうにないぜ。こりゃますます1点もやれねーな……」

気合を入れなおし、吾郎がマウンドへ向かうと――

ぽつり。鼻先に水滴が落ちてきた。

乾いた土の上に、黒いしみが増えていく。むっと湿った匂いが立ちのぼった。いつの間にか、重たく厚い黒雲が上空を覆っている。

雨だ。

「こりゃ中止かぁ？」

「同点だし、引き分けってことでいいんじゃないの？」

相手のベンチから聞こえてきた会話に、吾郎は慌てた。ここで中止になったら、またしばらくグラウンドが使えなくなってしまう。

「できるよ！　このぐらいの雨、プロだってやめないだろ！」

腕組みして空を見上げていたアタックスの大久保監督が、吾郎の声にうなずく。

「……やってやれよ。ウチは来週からリーグ戦だから、今日しか相手してやれないだろ」

「ええ、分かりましたよ」

バットを持って、選手が打席へ向かう。

ホッとした。

こうなったら早いとこおさえて、雨が大降りになる前に勝ち越さないと……！

一番、二番バッターを、吾郎は続けざまに三振に打ち取った。一回にランニングホームランを打った二人が、球威に押され振り遅れている。だんだんエンジンがかかってきているのが実感できる。

よしっ、あと一人……。

雨は次第に強さを増してきた。

次の打者がフォアボールを選ぶ。

「くそっ……」

「ドンマイ本田君！　球は走ってるよ！」

小森にうなずき、モーションを起こす。踏み出した足が――雨で滑った。

しまった……!?

カキィン！　四番バッターが振り抜く。打球は内野を、そして外野を越え、金網の向こうへと落ちた。

ツーランホームラン。

凍りついたように、吾郎はスコアボードを見つめる。

４対２――ドルフィンズにとっては、あまりにも重い追加点だった。

よしっ、勝ち越した……あと一回おさえればコールド勝ちだ。頼むぞ……！

沢村会長は、祈るように相手ベンチを見つめた。

守備を終えたドルフィンズの選手たちが、次々と走って戻ってくる。外野から後ろ髪のはねた少年が駆けてきて、うなだれたピッチャーを乱暴に励ますのが見えた。

涼太……。

息子がいつの間にか野球チームに入っていたのには驚いた。が、試合がはじまるとそんな事実はどこかへ吹き飛んでしまった。

エースで四番を打つ、あの本田吾郎という少年のせいだ。

大人の草野球大会で準優勝したアタックスと、初心者の子供を寄せ集めたドルフィンズ。本来なら、勝負にもならないはずだった。せめて最後の試合を楽しませてやろうと、アタックスの連中にも手加減するように言い含めておいたのだ。その予定を、たった一人の少年に変えられた。

吉野のスローボールをくるくると空振りする子供たちを見て、ほら見ろと思った。野球チームにロクな選手はいない。やる気と運動神経のある者は皆、わが三船サッカー少年団を選んだ、と。

その直後だ。本田吾郎がホームランを打ったのは。

アタックスはいきなり2点を先制された。が、ここまではまあ予定の範囲内だ。打ったのはスローボールだし、最初の一、二点はサービスでくれてやるつもりだった。

あの小学生離れしたピッチングにも肝を冷したが、アタックスは難なく打ち崩し、すぐに同点に追いついてくれた。考えてみれば、選手たちは普段大人のピッチャーと対戦しているのだ。いくら速いとは言え、子供の球に手こずるなんてあり得ない。逆転は時間の問題だ。

そう思っていた。

「おいおい、この回三者凡退かよ」

「どうなってんだ……？」

初回に連打したはずの球が、二回に入るとなぜか打てなくなった。

「お前ら、打席に立たなきゃ気がつかねーのか？」

監督の大久保が腕組みしながら言う。

「あのボーヤ、ここへ来て一球ごとに球が伸びてきてんだよ」

「え……!?」

「おそらく、初回はまだ肩ができてなかったんだろうよ。もしかしたら、この先まだまだ速くなるかもしれねーぞ」

大久保の予言どおり、三回に入って吾郎の球はますます威力を増した。

一番バッターの徳川が、ボールを前に飛ばすことすらできずに三振した。チームで一番当てるのがうまく、初回にはランニングホームランを打った選手だ。

「あーあ、徳ちゃんまで三振かよ。相手は小学生だぞぉ？」

からかう吉野に、徳川《とくがわ》が青ざめた顔で尋ねる。

「吉野、お前の球最高何キロだ？」

「そうだなぁ、高校ん時は１２０キロ以上出てたな。当時は三船の怪物なんて言われたもんだが、今だってまあ、１１０キロぐらいは……」

「じゃあ……あのボーヤ、小学生で１１０キロの球、放ってるってことか」

「な、何ぃ……!?」

アタックスのエースと同じ球速で投げる小学生。そんな怪物が、なぜ今さらあんなチームに……。

数年前までの三船ドルフィンズは、確かに名門の名に恥じないチームだった。選手層も厚く、全国大会へ勝ち進んだこともある。それに引き換え、結成したばかりのサッカーチームは練習場所も満足にもらえず、悔しい思いをしたものだった。

が、いまや状況は変わった。子供たちの野球離れにともなってドルフィンズは名前だけのチームとなり、その間に三船サッカー少年団は実績を重ね、大会を勝ち進めるチームへと育った。さらなるチーム強化へ向けて、専属グラウンドを手に入れるまであと一歩なのだ。

「こっちが勝ったら、ちゃんと約束は守ってもらうからな!」

バカバカしい、と一笑に付した言葉が、不気味な現実感を帯びてくる。

頼む、このまま逃げきってくれ。

息を詰めてグラウンドを見る。

「打てぇ、本田!」

「もう一本ホームランだ!」

仲間の声援を背に受け、本田吾郎が打席に立った。

ずぶ濡れのユニフォームも、ヘルメットの先からしたたる水滴も気にする様子はなく、鋭い目でまっすぐにマウンドを睨み付ける。

振りかぶり、吉野が投げた。

速球が内角低めへ決まる。バットは動かない。

二球目。今度は外角だ。これも見送った。

あの球にはさすがに手が出ないだろう。いくら天才でも、まだ子供なんだ……。

ニヤリと笑いかけた沢村会長の顔が、硬直する。

カァン！　三球目を打ち抜いた打球はぐんぐん伸び、わずかにレフトファールゾーンへ切れた。あと一メートル内側なら、二塁打になっていただろう。

打球を見送った吉野が、引きつった笑顔で吾郎へ向き直る。自信の速球をジャストミートされ、明らかに動揺しているようだ。

「いいぞ、本田！」

「打てる打てる！」

ベンチが勢いづく。

吾郎はぐっとバットを握りなおした。手応えをつかんだ表情だ。

次の一球、吉野はたっぷりと間を取った。慎重にキャッチャーとサインを交換し、投げる。

狙いすまして、吾郎が振り抜く。その手元で、くっ、とボールが曲がった。

カーブだ。

バットが空を切る。

吉野が帽子のつばに手をかけ、にっと笑った。

「わりーね、本気出して」

「くそっ……！」

吾郎が悔しげにバットを叩きつける。

やれやれだ。

浮かしかけた腰を、沢村会長はようやく下ろした。

冷や冷やしたが、なんとか乗り切った。子供相手に突然のカーブとは、厳しすぎる気もするが仕方ない。速球にはタイミングが合っていた。彼さえ打ち取れば、もう試合は決まったようなものだ。

続く五番、六番バッターを、吉野は軽く三振に仕留めた。雨はまったく止む気配がない。

沢村会長は笑顔で立ち上がった。

「はーい、みなさん雨の中お疲れさん！　早いとこ着替えてよ！」

戻ってくるアタックスの選手をねぎらいながら、相手のベンチへ足を運ぶ。子供たちはうつむいたまま動こうとしなかった。

「というわけで、勝敗は決まりましたし、この雨じゃ仕方ないでしょうな。残念ですが、約束は約束ですから」

硬い表情の安藤に言葉をかける。

「ま、別に解散しなくても。ドルフィンズは他の練習場所を見つけたっていいわけですし」

「……父さん！」

沢村涼太が堪《た》えかねたように立ち上がる。

「いいだろ、土日のうちの二、三時間ぐらい野球にグラウンド貸したって！　みんなこんなに一生懸命野球やってんじゃないか！」

息子の顔を思わず見つめる。こんなに正面から反発してくるのは初めてだ。

「これは自治会の総意で決まったことなんだ。オレの一存ではどうにもならん」

「けど……！」

「お前もさっさと着替えて家に帰れ。カゼひくぞ」

話を打ち切り、背を向ける。歩きだすと、向こうから吉野がバットをかついで歩いてきた。

「……あんた、何してんの？　バットなんか持って」

「いや〜、監督がね……もう一イニングやれって言うんスよ」

え？　と子供たちが顔を上げる。

「何だって……!?」

慌ててベンチへ駆け寄った。

「ちょっと大久保さん！　どういうことです⁉　この雨ですよ！」

「……オレは麻雀《マージャン》でも勝ち逃げは嫌いなんだよ。子供相手にたった2点差ってのも気に入らねーしな」

むっつりと、大久保が答える。

吉野がドルフィンズベンチに声をかけた。

「おい、おめーら。早く守備につけや。パンツまで濡れちゃうだろ？」

「う……うん！」

子供たちの目が輝きを取り戻す。グラブやミットをひったくると、雨の中へ駆けだした。

そんなバカな……。

審判が試合続行を宣言するのを聞きながら、沢村会長は隣の大久保に目をやった。

「知りませんよ、カゼひいても……これ以上やって、何の意味があるってんです！」

「意味？　いやあ、別に大した意味なんかないですよ……ただ、オレたちもあの子らも、野球が大好きだってことだけです」

カン！　吉野が打ち上げる。

落ちてきたボールを、小森が横っ飛びにつかむ。水しぶきが上がり、ユニフォームが泥にまみれた。

「確かに今、時代はサッカーやバスケです。うちの息子もおたくのサッカーチームでがんばってます。でも、ごらんなさい……」

吾郎が投げる。バッターが食らいつく。球威に押され、ボテボテのゴロになる。夏目と前原が追いかける。田辺がミットを伸ばす。長谷川が、鶴田が、薫が、そして涼太が、雨に負けじと声を飛ばす。

「ここにはまだ、あんなに野球に一生懸命な子供たちがちゃんといるじゃないですか」

パァン！　速球がミットを鳴らした。

「ストライク！　バッターアウト！」

「よぉし、三人でおさえたぜ！」

「2点差だ！　まだイケるぞ！」

声をはずませ、ベンチへ駆け戻る。誰一人、雨が降っていることなど気にもしていないようだ。

「私も含めて……自治会はちょっと軽率だったかもしれませんな」

軽率？　いや、そんなはずは……。

頭の中で、うろうろと反論の言葉を探す。

やる気のない少年たち。やる気のないチーム。今のドルフィンズに存在価値などないはずだ。だとしたらこれは……この生き生きとした子供たちの目は……？

先頭打者の田辺が、フォアボールを選んだ。

マウンドで、吉野がさかんにシャツで手を拭《ふ》いている。雨で指先が滑り、コントロールがきかないのだ。

続いて涼太が打席に立った。

「よぉし、来い！　絶対打ってやる！」

真剣な目でマウンドを睨む。

どうしたって言うんだ？　野球なんか興味なかったはずだろ？　そのチームは……その少年たちは、今のお前にとってそんなに大事な仲間なのか……？

投げた瞬間、吉野がしまった、という顔をした。滑ったボールが、力なく真ん中へと入っていく。

カンッ！　涼太がバットを叩きつける。

打球は三塁手の頭を越えた。田辺がセカンドを蹴ってサードへ向かう。それを見て、涼太もファーストを蹴った。

「待て、沢村！　無理だ！」

「戻れぇ！」

チームメイトが慌てて叫ぶ。

レフトからボールが返ってきた。タッチしようとした二塁手がア然と見る。涼太はすでにセカンドベースに立っていた。

よしっ……！　当然だ。涼太はかけっこなら誰にも負けたことがないんだ……。

「息子さん、打ちましたね」

大久保に言われ、ハッとする。

いつの間にか立ち上がり、拳を握っていた。

「は、はぁ……」

ごまかすように手の汗を拭い、腰を下ろす。

次の薫も、フォアボールを選んだ。

「もうけもうけ！」

「どーせ打てねーからな！」

仲間の野次にキッと敵意の目を向けながら、一塁へ走る。

ノーアウト満塁だ。

吉野が恨めしそうに空を見上げる。

「おい吉野、細かいコントロールは気にすんな。ド真ん中だって打てやしねーぞ！」

キャッチャーが声をかけた。吉野は軽く手を上げる。

続く長谷川と前原は、三振に倒れた。たちまちツーアウトだ。

何やってるんだ、せっかくのチャンスを……。

いらだっている自分に気づいて、沢村会長は愕然《がくぜん》とした。

どっちを応援してるんだ、私は……!?

打席へ向かう小森に、吾郎が叫んだ。

「打てよ、小森！　ぜってー勝つぞ、この試合！」
うなずき、バットを構える。
帽子をかぶりなおし、吉野は慎重に息を整えた。
あと一人。
アタックスナインにも緊張が伝わる。
吉野が振りかぶった。

カキッ……！
詰まりながらも、打球はセンターへ抜けた。
田辺がホームを駆け抜ける。
まずは1点。
サードを回ろうとした沢村を――
「ストップだ、沢村ぁ！」
吾郎は止めた。
直後、ホームへいい球が返ってくる。突っ込んでいたらアウトだった。
ファーストでは、小森が上気した顔で息をはずませている。
「ナイスバッティング、小森！」
ベンチから飛んだ声にガッツポーズをして応えると、吾郎を見た。

さあ、次は本田君の番だよ。

まかしとけ……！

吾郎は一つ深呼吸をすると、ゆっくりと打席へ向かって足を踏み出した。

小森がいなかったら……。

改めて思う。あのピッチャーから見事にタイムリーを打ってくれた。守備でも何度も助けてもらった。あいつの野球センスは本物だ。

いや、小森だけじゃない。沢村のヒットがなかったら、薫と田辺がフォアボールを選んでくれなかったら、夏目や前原や長谷川や鶴田が必死に取ってくれた十二個のアウトがなかったら、このチャンスは生まれなかった。

雨はどしゃ降り。五回表ツーアウト満塁。みんなが作ってくれた最後のチャンスだ。

絶対打つ！

引き絞るようにバットを構える。

もし負けたら、三船町からリトルリーグがなくなる。オレは電車で通ったって野球を続けるけど、みんなはきっとドルフィンズがなくなったら野球をやめてしまうだろう。そりゃあ人数は少ないけど……野球好きな子供たちが自分の町で野球ができないなんて、そんなの絶対おかしいぞ……！

一球目は、外角へ大きく外れた。

吉野がタイムをかけ、一旦《いったん》ベンチへ下がる。タオルを出し、雨で濡れた手とボールを丁寧に拭き取る。

「お待たせ」

マウンドへ戻ると、二球目を投げる。落差のある鋭いカーブが決まった。

「ストライク！」

真剣勝負だぜ、ボーヤ。

吉野の思いが、ボールから伝わってきた。

夢は、自分たちの手でつかめ……！

三球目は、インサイドへの速いボールだ。吾郎のバットが空を切る。

追い込まれながら、吾郎はゾクゾクするような嬉しさを感じた。大人のピッチャーが、子供の自分を本気でねじ伏せようと向かってきてくれる。

勝負はやっぱこうじゃなくっちゃな……！

続けて三球、速い球が来た。吾郎は必死にバットを合わせ、カットする。まともに当たっても、このストレートには力負けしてしまうだろう。ヒットはいらない。ファールでいい。狙うのは……。

「ほぉ、カーブを要求してんのかい？」

吉野が鋭い目でモーションを起こす。

「お望みなら……こいつで終わりにしてやるよ！」

足を踏み出し、腕を振り下ろす。

さっきの打席の最後と、この打席の二球目。曲がる軌道はしっかりと目に焼き付けた。その軌道に合わせて――バットを振る。

カァン！　打球が雨を切り裂いた。外野の頭を越え、伸びていく。

沢村が、そして薫が、次々とホームを駆け抜ける。吾郎もファーストを回った。

逆転だ……！

センターの徳川が懸命にバックする。グラブを伸ばし、ジャンプした。勢い余って金網にぶつかり、倒れる。

全員が息を呑んで見つめた。

立ち上がり、徳川がグラブを高く上げる。その中にボールが見えた。

あ……。

「よっしゃあ、ゲームセットだ！」

「勝った勝った！」

アタックスの選手たちが喜びの声を上げた。肩を叩き合いながら、走って引き上げてくる。

負けた……。

吾郎はその場に立ち止まったままグラウンドを――そして、雨に濡れたマウンドを見つめた。

たった一試合だけど、必死に投げ抜いた。たくさんのことを学び、たくさんの絆《きずな》があそこで生まれた。

それなのに……。

ベンチの前に、ドルフィンズの仲間たちが呆然と立ちすくんでいるのが見える。

吾郎はうつむいた。

「楽しかったぜ」

大きなあたたかい手が、肩に置かれた。

見上げると、吉野が微笑んで立っている。

「今度はもっと天気のいい日に勝負しようや」

吾郎は弱々しく目をそらす。

「……無理だよ。だって、ドルフィンズはこれでなくなっちゃうんだから……」

「バカ言ってんじゃねーよ」

吉野が笑い飛ばした。

「誰がそんなこと決めたんだよ。こんな熱いガキどもからグラウンド取り上げようなんて、自治会の年寄りはどうかしてるぜ」

「え……？」

「ああ、まったくだ」

徳川が近づいてきた。アタックスの選手たちが次々と集まってくる。

「沢村さんが反対しても、この話オレたちみんなお前らの味方するぜ」

選手たちがうなずくのを、吾郎は呆然と見つめた。

「やれやれ。あんたら、私一人を悪者にする気かい……」

いつの間にか、沢村会長が選手の輪の外に立っていた。苦い顔でため息をつく。

「まあいい……グラウンドの件は、自治会に掛け合って私が必ずなんとかしよう」

途端に、向こうで歓声が上がった。ドルフィンズのメンバーが、飛び上がってはしゃいでいる。

みんな……。

いろんな気持ちがこみ上げてくる。

——チームなんてはじめは、一人一人の点でしかない。でも……。

野球が好きだ。一つ一つの気持ちが線となってつながり、大きな円を作った。

「みんな……ありがと……」

吾郎のつぶやきを、みんなの喜びの声がかき消した。

おとさんのいたチーム

いつもは混《こ》み合う電車も、日曜の午後だからか空《す》いていた。一人、ユニフォーム姿で座っている吾郎はかなり目立つ。

一度帰って着替えてくりゃよかったかな……。

三船の駅から二つ先で乗り換え、そこからさらに三つ。そこが目的の駅だ。

アタックスとの試合後、今日が初めての練習だった。沢村会長は約束を守り、毎週日曜の午前中をドルフィンズの練習時間として確保してくれていた。

ランニング、キャッチボール、シートノック。基礎練習をひととおりこなした。体力や技術面はまだまだこれからだが、ナイン全員が揃っての練習はやっぱり気分がいい。ここからが新生ドルフィンズのスタートだ！　吾郎の胸は期待に膨らんだ。

ところが……練習が終わった後、安藤が吾郎一人をグラウンドの隅に呼び、意外なことを言いだしたのだ。

「実は、この間の試合からずっと考えてたんだ……吾郎君は、このままドルフィンズにいちゃいけないって」

「えっ……!?　どういうこと、おじさん!?」

「みんなには悪いけど……レベルが違いすぎるんだ。今日の練習を見ていて、はっきり思ったよ。吾郎君は、こんな小さな町のリトルでおさまる器じゃない。今からでも、名門の横浜リトルに入団するべきだよ！」

安藤が熱心に見つめる。

冷めた目で、吾郎はじっと見返した。

「本気で言ってんの、おじさん？」

「え……」

「自分から友達誘っといて、今さらオレだけ抜けるなんてできっこないじゃん。オレが一人抜けたら、ドルフィンズはまた試合できなくなっちゃうんだぜ！」

「し、しかし……」

「変なこと言わないでよね、おじさん。みんなせっかくやる気になってんだから」

「……吾郎君はプロを目指してるんだろ！」

行きかけた吾郎を、安藤が呼び止める。

「そりゃ、おじさんだって吾郎君が抜けたらさびしいよ……でも、やっぱり吾郎君はもっと自分を磨ける場所を求めていくべきだ！　そこには吾郎君のように、プロを目指してる少年たちがゴロゴロいるんだよ！」

プロを目指す少年たち――

その言葉が胸に引っかかった。

電車を降りると、安藤が書いてくれた地図を見ながら線路沿いの道を歩く。道路脇のわずかに残った土の間から、タンポポの群れが顔を覗かせていた。

郵便局の角を左へ。五分ほど歩けば、右手にグラウンドが見えてくるはずだ。

見てやろうじゃねーか。プロを目指す少年たちってのを。

——横浜リトルは、全国大会で三年連続日本一になったチームなんだ。プロや高校野球で活躍した出身者もたくさんいる。とにかく見学だけでもいい。彼らの練習を見れば、きっと吾郎君にも刺激になると思うよ！

ドルフィンズをやめる気はまったくないが、日本一のチームには興味がある。いずれはドルフィンズも大会に出場するだろう。同じ神奈川で野球をやってる以上、勝ち進んでいけば必ずどこかでぶつかる。実力を見ておくに越したことはない。

このカッコじゃ、偵察に来たってバレバレだよな……ま、いっか。じっさい偵察に来てんだし。

公園の横を過ぎると、グラウンドが見えた。揃いのユニフォームを着た少年たちが、二チームに分かれて試合をしている。

ランナー一、三塁から、鋭い打球が飛んだ。ショートがすくい捕り、セカンド、ファーストへと流れるようにボールが渡る。ファーストはアウトになったが、セカンドはセーフ。その間にサードランナーがホームへ滑り込んだ。

サングラスをかけた監督が、メガホンで厳しい声を飛ばす。

「バカヤロー、ショート！　ワンスリーでゲッツー態勢取るな！　エンドランの可能性考えたら、前進守備に切り換えてバックホームだろ！」

ふーん。確かにレベルは高そうだな。

試合形式の実戦練習だ。ムダがなく、きびきびとした選手たちの動きは見ていて気持ちいい。

でもオレ、ああいういばった監督って嫌いなんだよね……。

「ぼーっとプレーするな！　そんなことじゃ、いつまでたってもレギュラーになれんぞ！」

えっ⁉　こいつら、みんな補欠かよ……⁉

補欠なのにこのレベル、というのにも驚いたが、人数の多さにもア然とした。補欠だけでも、ドルフィンズの三倍はいるに違いない。この人数の中からレギュラーを勝ち取った選手たちは、どんなプレーをするのだろう。

なるほどね。ワクワクさせてくれんじゃん……。

カァン！　次の打者が、きれいに流し打ちを決めた。セカンドランナーが悠々とホームへ帰ってくる。

「よーし、ナイスバッティングだ！　お前、今年から入った四年生だな。名前は？」

一塁ベースへ達したバッターは、監督にほめられて嬉しそうに顔を上げた。

「はい！　佐藤寿也です！」

へえ、あいつオレと同じ四年か。バッティングうまいな……。

感心しかけて、ふと気づいた。

「え……さとう、としや……？」

まだあどけなさの残る少年の顔を、じっと見つめる。その涼しげな目に、引き締まった口元に、思い出の中の面影が重なっていく。

間違いない……メガネはかけてないけど……。

初めてキャッチボールをした友達。三船町へ引っ越してから会うことのなかった友達。それでも……大事な友達。

――吾郎君、野球やめちゃダメだよ！

あの寿君だ……！

次の打者が三振に倒れると、監督が練習の終了を告げた。選手たちが荷物を取りにベンチへ引き上げていく。

金網をつかみ、吾郎は叫んだ。

「寿くーん！　オレ、オレ！　オレだよ！　本田吾郎だよぉ！」

え？　と振り返った寿也が、吾郎を見てぽかんと口を開ける。

「ご……吾郎君!?」

笑顔になり、駆け寄ってくる。

金網をはさんだまま、しばし向かい合った。お互いに、すぐには言葉が出てこない。

「……びっくりしたよ。こんなとこで、また吾郎君と会えるなんて」

「オレもだよ。あの寿君が横浜リトルで野球やってるなんてビックリじゃん！」

「うん。お母さんが、どうせやるなら一流のとこでやりなさいって。お母さん、昔は反対してたけど、今は野球やるの応援してくれてるんだ」

「へーっ」

「吾郎君、そのユニフォームって……」

「ああ。三船ドルフィンズだよ。近所の」

「え、三船って……たしか人数足りなくてなくなったって聞いたけど？」

「オレが仲間集めて立て直したんだ。今からだんだん強くしていこうと思ってさ」

寿也が意外そうに吾郎を見る。

「ふぅん……もったいないなあ。吾郎君なら、もっと強いとこでも通用するのに」

「佐藤の友達か？」

監督が近づいてきた。背が高く体格もいいので、近くで見ると威圧感がある。安藤よりはかなり若そうだが、大きなサングラスのせいで表情が読み取れない。宇宙刑事ナントカみたいだ、と吾郎は思った。

「野球をやっているようだな。得意なポジションはどこだ？」

「え、一応ピッチャーだけど……」

寿也が、ふと思いついたように言う。

「……そうだ！　吾郎君、せっかくだから監督にピッチング見てもらいなよ！」

「えっ？」

「監督、見てあげてください！　吾郎君の球すごいですから！　吾郎君のお父さん、あの本田茂治選手なんです！」

「何……？」

驚いたように、吾郎に目を向ける。

「そうか……いいだろう、投げてみろ」

いや、別に見てもらわなくてもいいんだけど……。

言いだすヒマもなく、マウンドへ上げられた。

プロ選手の息子、という話が伝わったらしく、選手たちが帰るのをやめて注目している。

何しに来たんだよ、オレ……見学しに来たのに、逆に見学されてんじゃねーか。

寿也がミットを構えるのを見て、しぶしぶ振りかぶる。

ま、いっか。寿君とキャッチボールすんの久々だし……。

体重を乗せ、腕を振り下ろす。

乾いたミットの音が、グラウンドに響いた。

選手たちの目が驚きに見開かれる。

ミットの余韻をじっと味わっていた寿也が、嬉しそうに顔を上げた。

「……ナイスボール！」

「よし、もういい」

軽く手を上げ、監督が止めた。

「合格だ。来週からウチのユニフォームを着ろ」

「え……？」

寿也が駆けてくる。

「すごいよ、吾郎君！　たった一球で……また一緒に野球できるね！」

その笑顔を、吾郎はしばし見つめた。目を伏せ、グラブを外す。

「……わりーけど、オレそんな気全然ないんだよね。合格しようとか思って投げたわけじゃないし」

「え……ど、どうして!?　レベルの高いとこでやれたほうが、吾郎君だって……」

「寿君とまた野球やれんのはいいけどさ、オレにはオレの事情もあんだよね」

「プロになりたくないのか？」

監督が冷静にたずねる。

ムッと、吾郎は見返した。

「なに、おじさん？　ここに入らなきゃプロにはなれないっていうわけ？」

「確率の高さを言ってるまでだ。同じやるなら、環境や設備の充実したチームでプロを目指すほうがいいだろう」

「いーよ、オレは。だいたい、えらそーな大人に指図されながら野球やってたって面白くないし」

背を向け、さっさとマウンドを降りる。

「オレのコーチは、おとさんだけさ」

「……そうか。そこまで言うなら強制はせんが……」

吾郎の背中に、監督が言った。

「それほど親父を尊敬してるなら、なおさら親父のいた横浜リトルで野球をやりたいと考えるのが自然だと思うがな」

足が止まる。今聞いた言葉が頭に入るのに、少し時間がかかった。

親父のいた横浜リトル……⁉

思わず振り返る。尋ねる声がうわずった。

「おとさんが……横浜リトルに……⁉」

本田茂治、九歳――

監督の樫本《かしもと》の話によれば、今の吾郎と同じ歳で、茂治は横浜リトルへ入団した。同じ学年で投手仲間だった樫本にとって、茂治は信頼できるチームメイトであり、ともにエースを目指すライバルでもあった……。

「ウチに来なよ、吾郎君。お父さんみたいに、一緒にプロを目指そうよ！」

帰りの電車の中、熱心に誘う寿也の言葉を吾郎はぼんやりと聞いていた。

家へ帰ると、まっすぐに自分の部屋へ駆け込んだ。押し入れからアルバムを引っ張りだす。小学校時代の茂治の写真の中に、その一枚は見つかった。

マウンドから投げる、少年時代の茂治の姿。ユニフォームの胸にローマ字で『ヨコハマ』の文字が読める。

おとさん……やっぱり本当だったんだ……。

「へえ、おとさんが……」

話を聞いた桃子は、じっと写真に見入った。

「ほんとだ。今の吾郎にそっくりね」

「どうしよう、かーさん……」

組んだ両手に頭を乗せたまま、吾郎は苦しげな息を吐いた。

「オレ……ドルフィンズのみんなを裏切っちゃうかもしんない」

桃子は黙って聞いている。やがて、手にした写真をテーブルに置いた。

「そっか……そりゃやっぱり、おとさんと同じユニフォームを着たいってなるわよね。でも……かーさんは反対よ」

厳しく吾郎を見る。

「自分が誘った友達を裏切るなんて、そんなのかーさん許しません」

「そ……そんなの分かってるよ！　だからオレだって悩んでんじゃないか！」

言い訳するようにまくしたてる。

「みんなにはちゃんと事情話して分かってもらうよ！　そーだよ、あいつらならきっと分かってくれるよ！」

「ダメです！　そんなことして、おとさんが喜ぶと思ってるの⁉」

「喜ぶよ！　喜ぶに決まっててんじゃんか！　子供が父親と同じ道を進みたいって言ってんだよ！」

なんで分かってくれないんだよ……！

もどかしく言葉を探す。

ずっとおとさんを目標に野球やってきたの、かーさんなら知ってるはずなのに……！

寿也の言葉がふとよぎった。

――お母さん、今は野球やるの応援してくれてるんだ……。

「かーさんは野球とか興味ないから分かんないんだよ！　野球が好きだったおかさんが生きてたら、きっとオレの気持ち分かってくれてるよ！」

桃子の目が険しくなる。

「いいかげんにしなさい！」

頬《ほお》に、熱い痛みが走った。ハッとしたように、桃子が叩いたばかりの手を見つめる。

「あ……ご、ごめん吾郎……でもかーさん……」

何も言わず、吾郎は部屋を飛び出した。背後で桃子が呼んでいる。振り返らずに走った。

かーさんなんて……大嫌いだ……！

心の中で、何度も叫んでいた。

「……はぁ」

浴槽で手足を伸ばすと、心地よい温かさが桃子を包み込んだ。体の奥によどんだ疲れが、少しずつ溶けていく。

だが、気持ちの中で凍りついた言葉だけはどうしても消えてくれそうにない。

——おかさんが生きてたら、きっとオレの気持ち分かってくれてるよ！

ゆらゆらと立ちのぼる湯気を、桃子はぼんやりと見つめた。

やっぱりあたしは、あの子にとって本当の親じゃ……。

間違ったことを言ってるから。あんまり強情だから。そんなのは言い訳だ。本当は、実の母親と比較されたのがショックだった。だから叩いた。吾郎に手を上げたのは初めてのことだ。

母親失格ね……。

ズキン、とみぞおちのあたりが痛む。ここ数日、鈍い痛みがずっと続いている。疲れがたまっているのかもしれない。

保育園の仕事は今でも続けている。子供の扱いには慣れているつもりだったが、今の吾郎の年頃の子と接する機会はほとんどない。大人の計算を見透かすようなまっすぐな目に、男の子特有の激しい感情のほとばしりに、ハッとさせられることが最近特に多くなった。

それとも、自分のお腹を痛めて産み、育てた母親ならば、もっと子供の心と通じ合えるものなのだろうか？

――吾郎君を……私に引き取らせてください！

あの日、茂治の眠る病室の前で言った言葉を後悔したことはない。

結婚もしていないのに母親になるなんて。そんな重大な決断を軽々しくするもんじゃない。

親や友達はこぞって反対したが、決心が揺らぐことはなかった。

本田茂治を愛していた。結婚を目前に控えての、突然すぎる死――意地になっていなかったと言えば嘘になる。でも吾郎を引き取ったのは、愛する人の子供だからという理由だけではない。

変わった子、というのが最初に会った時の印象だった。友達と遊ぼうともせず、一日中園庭の壁に向かってボールを投げている。小さな手から繰り出される球は、びっくりするようなスピードだった。

母親を亡くし、プロ野球選手の父親と二人暮らしなのだと聞いていた。さびしさから心を閉ざしているのかもしれない。桃子は何度となく遊びの輪に誘ってみた。が、吾郎はほとんど興味を示さなかった。

野球って面白い？

黙々とボールを投げる背中に、ある時何の気なしに尋ねてみた。途端に、吾郎の目が輝いた。野球がどんなに素晴らしいか。おとさんがどんなにすごい選手か。それまでの無表情が嘘のように、吾郎はキラキラと光る目でしゃべり続けた。

吾郎と野球の話をするのが、桃子の日課になった。こと野球に関して、桃子の知識は幼い吾郎にまるで及ばなかった。見たこともなかった野球中継を見るようになった。吾郎が少しずつ心を開き、新しい表情を見せてくれるのが嬉しかった。

月の半分ほど、父の茂治は遠征試合のため家を空けた。留守中やナイターで帰りが遅くなる日は、桃子が吾郎を家まで送った。コンビニで夕食を買い、アパートへ帰る。桃子が保育園の寮へと帰った後、吾郎は一人で食事を取り、入浴し、戸締りをして布団へ入るのだ。さびしくないの？　桃子がたずねると、吾郎は明るく答えた。

「だって、おとさんも試合でがんばってるんだよ！　ぼくもがんばらなきゃ、おとさんみたいな選手になれないじゃん！」

コンビニの食事ばかりでは、栄養のバランスが悪くなる。桃子は時々、食材を買い込んで夕食を作ってやった。リクエストを求めると、吾郎は必ず「カレー」と答えた。

そんな日は、桃子も一緒に食卓に座った。二人でカレーを食べながら、茂治が活躍した試合のビデオを見る。ある時、吾郎がぽつりとつぶやいた。

「桃子せんせーがおかさんだったらいいのになぁ……」

少しずつ、茂治との仲が接近していっても、吾郎との毎日は変わらなかった。一緒にカレーを食べ、ビデオを見る。おとさん、まだかなあ？「ただいま」とドアが開くのを、二人して待ちながら……。

「おとさん、まだかなあ……」

小さくつぶやき、桃子は苦笑した。

なんだか、あの時からちっとも成長していないような気がする。

吾郎との接し方に迷った時、いつも無意識に「本田さんならどうするか？」と考えてしまう。答えなど誰からも返ってくるはずはないのに。

自分にとっても吾郎にとっても、本田茂治の存在は大きすぎた。ぽっかりと空いた胸の穴を埋められずに、今でも二人してあの人の帰りを待っているのかもしれない。

あのアパートで、開くはずのないドアを見つめて……。

しっかりしなくちゃ。あたしは吾郎の母親なんだから……！

自分を奮い立たせるように、桃子は浴槽から立ち上がった。

翌朝の食卓には、微妙な緊張感が満ちていた。

二人で向かい合ったまま黙々とトーストをかじり、スープを飲む。テレビから流れるリポーターの声だけがやけに明るい。

「ね、ねえ吾郎、最近学校はどう？」

桃子がぎこちなく笑いながら話しかけてきた。ジロ、と吾郎は見上げる。

「どうって？」

「えっ？　だから……ほら、運動会とか遠足とか、そういうお知らせないかな〜って
……」

「ないよ。ずっと先だよ」

サラダの中のグリーンピースを選《よ》り分けつつ、そっけなく答える。

桃子がそれに目を止めた。

「あ、ほら、またぁ。ちゃんとグリーンピース食べなきゃダメでしょ」

「いーよ、別に。おとさんもグリーンピースは嫌いだったんだから」

「かーさんが食べなさいって言ってるの！　おとさんは関係ないでしょ」

ややムキになって、桃子が言い返す。

ほーら、来た。

吾郎は音を立ててフォークを置いた。

「ごちそうさま！」

「吾郎！　ちょっと待ちなさい！」

廊下へ出ようとすると、桃子が腕をつかむ。

「うるさいなぁ！　なんでかーさんは、オレがおとさんのマネすることに反対ばっかりするんだよ！」

「そうじゃないでしょ！　マネをするのがダメだって言ってるんじゃないの！　友達を裏切ってまでおとさんのいた横浜リトルに入るなんて、間違ってるって言ってるの！」

「間違ってるよ！　間違ってるけど、オレはおとさんと同じユニフォームで野球がやりたいんだ！」

桃子の手を振り払う。

「かーさんにオレの気持ちは分かんないよ。おとさんが死んでから、オレは一日だっておとさんのこと忘れたことないんだ！」

「吾郎……！」

「反対したってムダだよ。もう決めたから……オレはおとさんと同じユニフォームを着て、おとさんと同じマウンドに立つんだ！」

言い捨てて廊下へ出る。置いてあったカバンをつかむと、靴を履き、玄関を飛び出す。桃子は追ってこなかった。

そうさ、決めたんだ。

迷いを振り切るように、学校への道をずんずん歩いた。

昨夜、死んだおかさんのことを口にしたのは悪かったと思う。ドルフィンズのみんなにも申し訳ないと思う。でも……。

それでも、おとさんは特別なんだ！

母の千秋が死んでから、吾郎にとって茂治はすべてだった。

ピカピカのユニフォーム姿に、鉄みたいにたくましい腕に、その腕が繰り出す豪快なストレートにあこがれた。おとさんみたいなすごい野球選手になる。それ以上の夢なんて考えられなかった。

腰の故障のせいでしばらく二軍暮らしが続いていたが、吾郎の茂治への尊敬はいささかも揺らぎはしなかった。またすぐに一軍へ上がると信じていたし、そのために父が誰よりも努力しているのを知っていたからだ。

「吾郎……おとさんはな、腰だけじゃなく、ひじにもやっかいなケガをしてしまったんだ。おとさんみたいな、もう若くない一軍半の選手がこんな大きなケガをしたら、チームは治るまで待っちゃくれない……間違いなく、クビなんだ」

ある時突然、茂治が沈痛な面持ちで吾郎に告げた。おとさんが、もう野球をできなくなる……信じられなかった。布団にくるまり、ひと晩中泣いた。

次の日、こっそり保育園を抜け出して、一人で電車に乗って球団事務所まで行った。おとさんをクビにしないでよ！　泣きながら頼んだ。事務所の大人たちは、困った顔を見合わせた。

「バカっ！　みんなどれだけ心配したと思ってるんだ！」

吾郎がいなくなったので、保育園では大騒ぎになっていたらしい。翌日、茂治からたっぷりとお灸《きゅう》をすえられた。

もう、どうしようもないんだ。子供心に、吾郎は覚悟を決めた。一番つらいのはおとさんなんだ。さびしくても、ガマンしなくちゃいけないんだ……。

その二ヵ月後、茂治はバッターとして一軍へ復帰した。何も知らず、桃子に連れられて球場に来た吾郎の前で代打として登場し、ホームランをかっ飛ばしたのだ。

「おとさんはね、野球をやめてなかったの……いいえ、やめることなんてできなかったのよ。だって、おとさんにとって野球と吾郎君はすべてだったから……」

呆然と見つめる吾郎に、桃子が優しく説明した。

ピッチャーがバッターに転向するのは並大抵のことではない。失敗すればまた悲しませることになるから、吾郎には黙って努力を続けてきた。一軍に昇格したばかりですぐに出番があるかどうか分からないが、自分が代打としてコールされるまで、吾郎を毎日球場に連れて来てほしい。そう言って茂治は、桃子に試合のチケットを託した。

奇跡が起こった、と思った。おとさんが、ぼくのために奇跡を起こしてくれたんだ……！

本田茂治の復活劇を、新聞やテレビはこぞって賞賛した。吾郎は、みんなに自慢して回りたい気持ちだった。

もう一つ嬉しかったのは、このことをきっかけに、桃子が吾郎と茂治にそれまで以上に親しく接してくれるようになったことだ。

ナイターで遅くなる茂治の帰りを、二人で待つのは楽しかった。桃子が作ってくれたカレーを食べながら待っていると、玄関のドアが開く。

「ただいまー。星野先生、いつもすみません」

「いいえ。お帰りなさい」

なんだか照れたように、短いやり取りをかわす。ほんのひと時だが、茂治と桃子が揃うとアパートの部屋がパッと明るくなった。

一度だけ、三人で動物園へ出かけたことがあった。カバ、キリン、トラ、ゴリラ、シマウマ。いろんな動物が待っていた。広い園内を走り回った。あごが疲れるほど笑った。今日がずっと続けばいいと思った――。

……かーさんだって、あんなに楽しそうだったじゃんか。

歩道橋を登りはじめると、街路樹の向こうに朝日が覗いた。まぶしさに目を伏せながら、吾郎は階段を登っていく。

茂治と一緒にいる時の桃子は、とても幸せそうに見えた。あれから三年――桃子の中で、茂治はただの思い出に変わってしまったのだろうか。

かーさんがおとさんのこと忘れても、オレは忘れない……忘れられっこないんだ！

三年前の十一月六日。吾郎が六歳の誕生日を迎えた翌日の夜、茂治は車で吾郎を連れ出した。

前日の誕生日、茂治はプレゼントどころかおめでとうの一言も言ってくれなかった。ぼくの誕生日忘れちゃったのかな……そう思って少し落ち込んでいたところだ。

行き先は横浜ブルーオーシャンズのホームグラウンド、オーシャンスタジアムだった。

シーズンオフの球場は暗く、静まり返っていた。何も言わずに歩く茂治の後についいて、選手通路を奥へと進む。

「球場の人に挨拶してくるから、ちょっと待っててくれ」

吾郎をロッカールームに残し、茂治は一旦姿を消した。十分ほど待っただろうか。戻ってきた茂治は吾郎を連れて再び通路を進み、ダグアウトのドアを開けた。

グラウンドは昼間のようだった。すべての照明灯が皓々《こうこう》と輝き、緑色の人工芝を照らしている。

茂治がセンターの奥を指さす。その途端、電光掲示板にオレンジ色の文字が躍った。

HAPPY　BIRTHDAY　GORO!

あっけに取られて見つめる吾郎の肩に、茂治が手を置いた。

「ごめんな、一日遅れの誕生日で。昨日はイベントがあって球場借りられなかったんだけど……今日は貸し切りだ！　おとさん、六歳になった吾郎の球を、ここで捕ってみたかったんだ」

カクテルライトの下、茂治が構えたミットめがけて、吾郎はマウンドから思いきり投げた。グラウンドにも、スタンドにも人影はない。でも吾郎には、球場を揺るがす歓呼の声が聞こえていた。

　いつか、おとさんと同じプロ選手としてこのマウンドに立つ。その日までおとさんの背中を、あの大きな背中をどこまでも追いかけよう。どこまでも……。

「おう本田！　これ見ろ、これ！」

　教室へ入ると、沢村が上機嫌に迎えた。新品のグラブを自慢げに振りかざす。

「買っちまったぜ！　プロ選手も愛用の、最高級レザーグローブ！」

「っさいなぁ！　今ルールの勉強してんだから、静かにしろよ！」

　薫がルールブックから顔を上げる。小森がふと気づいたように言った。

「あれ？　清水さん髪の毛切った？」

「うん。野球すんのに、長いとうっとーしいからな！」

「髪形より、フライ捕る練習でもしろよ」

「何だとぉ！」

「ケ、ケンカやめようよ……」

　もめはじめる三人を、吾郎は複雑な顔で見つめた。

　野球をもっと知りたい。少しでもうまくなりたい。そんな思いが、沢村からも薫からも痛いほど伝わってくる。自分がチームをやめると聞いたら、彼らはどう思うだろう。

揺らぎかけた思いを、吾郎は懸命に立て直す。

夢のためだ。絶対に譲れない、大事な夢なんだ。

クラスの何人かが、ドッジボールをしに校庭へと駆けだした。

「おっ、ドッジか。オレたちも行こーぜ」

沢村と薫もドアへ向かう。続こうとした小森を、吾郎は呼び止めた。

「小森……ちょっといいか？」

小森が怪訝そうに振り返った。


一人残された食卓から、桃子はのろのろと立ち上がった。汚れた食器をまとめて、流しへ運ぶ。タップを上げると、勢いよく水が流れだした。

しばし動かず、蛇口から流れ落ちる水を見つめる。

——おとさんが死んでから、オレは一日だっておとさんのこと忘れたことないんだ！

何なのよ……かーさんを何だと思ってるのよ、あの子は……！

皿に残ったグリーンピースが、水の勢いに押されて転がり落ちていく。その光景が、ぼうっと涙でぼやけた。

あたしだって……一日もあの人を忘れたことなんて……！

接するたびに、茂治の人柄に惹《ひ》かれていった。野球人としてのあくなき闘志。息子への深い愛情。包み込むような大きさと優しさ。そのすべてに魅力を感じた。

「先生……よかったら、今度三人で動物園でも行きませんか？」

思いがけない誘いだった。頭をかき、照れる茂治に自然とうなずいていた。

当日、吾郎のはしゃぎっぷりはすごかった。あんなに楽しそうな顔を見たのは初めてだ。

「ねえ、あのゾウ、親子なのかなぁ？」

ゾウ舎の前で、寄り添った三頭のゾウを指さして吾郎が尋ねた。大人のゾウが二頭。その間にはさまれて、子供のゾウが一頭。

「ああ。きっと家族なんだ」

「そっかぁ……ぼくたちみたいだね！」

思わず茂治と顔を見合わせる。もしも、本当に家族だったら……そんなことを考えている自分に驚いた。

帰りに立ち寄ったレストランで、吾郎がトイレに立つのを見計らって茂治が切り出した。

「実は、今度の吾郎の誕生日に、ちょっとした計画があるんです」

そのアイデアは、聞いたこともないすばらしいものだった。

「わぁ……！　吾郎君、喜びますね、きっと」

「それで……もしよかったら、星野先生にも参加してもらえないかと思って」

「えっ？　でも、親子水入らずのお祝いに、あたしなんかが……」

「先生が来てくれたら、吾郎もきっと嬉しいと思うんです。それに、ぼくも……」

真剣な目で見つめられ、心臓が高鳴った。うろうろと目を伏せ、つぶやくのが精一杯だった。

「……はい。あたしでよかったら、喜んで」

しかし、その約束は果たせなかった。

レストランから出たところを、たまたま通りかかった園児の父兄が見ていたのだ。特定の児童をひいきしているのではないか。保育園に苦情の電話が入り、桃子は園長室に呼び出された。今後は誤解を招く行動はつつしむように。園長は厳しく桃子に言い渡した。

「そうですか……いや、そういう事情なら……こちらこそ、無理に誘ってすみませんでした」

電話の向こうで、茂治の声が沈んでいた。電話口で何度も頭を下げた。

「バッカねえ。そんなのバレなきゃいいのよ。あんただって、楽しみにしてたじゃない！」

保育園の同僚でルームメイトの美貴《みき》が、風呂上がりのビールを開けながら言った。電話の声が聞こえていたらしい。

「本田さんのこと、嫌いじゃないんでしょう？」

「それは……そうだけど……」

「仕事と恋愛かぁ。桃子先生は、あっさり仕事を取っちゃうわけね」

美貴の言葉がズシンと響いた。

本当にこれでいいのか。このまま、担任と父兄の関係に戻ってしまっていいのか。自分の気持ちに何度も問いかけた。

十一月六日。桃子は一人オーシャンスタジアムへと向かった。

「じゃ、お願いします。ぼくが合図をしたら、電光掲示板のメッセージを出してください」

通用口から中を覗くと、茂治が球場の職員と打ち合わせしているところだった。桃子に気づき、驚いた顔になる。

「星野先生……！　どうして……また他の父兄に知られたらまずいんじゃ……」

「ええ。すぐに帰ります……ただ、どうしてもお話ししておきたいことがあって」

「え……？」

「もし……もしも、こんなあたしなんかで、本田さんと吾郎君がいいんなら……半年だけ待っていただけませんか！　吾郎君が卒園する来年の春まで……そしたら、もう堂々と会えますから。吾郎君にも……本田さんにも」

まっすぐに、茂治を見つめた。

茂治が驚いたように見返す。やがて、穏やかな笑顔が広がった。

「……待ちます。十年でも、二十年でも」

球場を出て振り返ると、グラウンドの照明が夜空を照らしていた。

誕生日おめでとう、吾郎君。

そこでキャッチボールをしているはずの吾郎に、心の中でそっとつぶやいた。

半年後。吾郎の卒園を待って、再び本田親子との交際がはじまった。プロ野球のペナントレースが開幕し、吾郎は小学校入学を目前に控えていた。

遠征試合から帰った茂治を待ち、アパートで食卓を囲む。はしゃぎ疲れて吾郎が寝てしまうと、茂治が寮まで送ってくれた。別れぎわ、そっと桃子の体を抱き寄せる。

「……先生、結婚してください。再婚で、子供がいて、何の保証もない一軍半のプロ野球選手ですけど……必ず幸せにします」

大きな腕の温《ぬく》もりに包まれながら、桃子は答えを告げた。

「……はい」

本田さん……。

棚の上の写真に語りかけてみる。

あたし、なんだか自信がなくなってきちゃった……。

また、みぞおちがズキンと痛んだ。

――必ず幸せにします。

あのプロポーズの翌日、茂治はこの世を去った。宙ぶらりんになった言葉だけが、今も胸の奥にぶら下がっている。

　このままではいけない、と思う。初めてのチーム、大切な仲間、友情や信頼……あの雨の日の試合で泥だらけになりながらつかんだ大切なものを、吾郎は失ってしまうだろう。

　その一方で、迷いもあった。プロ選手を目指す子供にとって、レベルの高いチームへ入ることがどれほど重要なのかが判断できない。自分にもう少し、野球の知識があれば……。

　ふと、ある人物の顔が浮かんだ。

　プロ野球にはうといが、茂治の親友だというあの選手には面識がある。高校時代から ずっと茂治のチームメイトで、今やオーシャンズを支えるエースピッチャー。あの人なら、何かいいアドバイスをしてくれるかもしれない。

　でも、急に会いにいったら迷惑かしら……。

　ためらう心を、無理やり振り払う。

　自分で前に進まなきゃ……本田さんはもういないんだから。

　桃子は茂治の写真にもう一度目をやり、うなずいた。

　そうか……あれからもう、三年もたったんだな……。

　茂野英毅《しげのひでき》は改めて、目の前に座った女性を見つめた。

スタジアムの裏通りに面したこの喫茶店は、練習前によく利用する穴場的な場所だ。平日の午後とあってか、店内はすいている。

視線に気づいて、桃子が顔を上げた。

「あの……何か？」

「あ、いや〜。あの小《ち》っちゃかった吾郎君がもうリトルリーグへ入る歳になったんだな〜と思って」

「ほんとにすみません、いきなり訪ねてきて、こんな相談にのっていただいて……」

「とんでもない、じぇんじぇんいいっスよ！　なんせ女房に逃げられてから女っけがなくて……あ、いやその〜、ハハハ……」

つい軽口を飛ばしてしまう。緊張している時のクセだ。

練習を終えて球場を出ようとすると、選手通路の入口で待っている人影が見えた。本田茂治の婚約者だった女性だと気づくのに、少し時間がかかった。

試合の後、同じ場所でよく幼い吾郎を連れて、茂治を待っていたのを覚えている。連れ立って帰る茂治の背中に、チームメイトと冷やかしの言葉を投げたものだった。

――この幸せ者！　あんな美人、本田にゃもったいねーぜ！

ったく、バカ野郎が。こんな美人を残して死んじまいやがって。

最後に会ったのは、茂治の葬式だったろうか。静かに悲しみに耐える桃子の姿は、りんとした美しさを放っていた。

申し訳なさそうに、桃子が続ける。

「本田さんの親友で、野球にも詳しい茂野さんしか、相談できる人が思いつかなくて……」

「親友ねぇ。ハハハ、まあ、あいつとは腐れ縁てやつですかね」

高校時代は茂治の控え投手だった。エースで四番の茂治の活躍に、ベンチから必死に声援を送った。

甲子園での三回戦、強豪福岡学館《ふくおかがっかん》との試合。九回裏に茂治が放ったサヨナラホームランは、今でも鮮明に脳裏に焼きついている。

その後、茂治は体育大学へ進学。茂野は下位指名でプロへ。一旦分かれた二人の道は、四年後に再び交わることになる。南関東大学リーグの優勝投手という肩書きを引っさげ、茂治が横浜ブルーオーシャンズへ入団したのだ。

茂野は先発投手としての実績を重ね、オーシャンズのエースへ。茂治も順調に頭角を現し、セットアッパーとして一軍へ。高校時代と役割は逆転したが、東横浜《ひがしよこはま》高校の二枚看板復活、と地元のファンの期待は高まった。が、入団から五年後、茂治を不幸が襲う。

妻、千秋の死だ。

悲しみを振り払うように、茂治は練習に打ち込んだ。結果、腰を痛めて二軍落ち。ようやく復調のきざしが見えた頃に、今度はひじを……。

明日、球団事務所に引退を申し出る――茂治からそう告げられた時、どこかで違和感を覚えた。こいつはまだ燃え尽きていない。野球への闘志が……あのサヨナラホームランを打たせた真っ赤な闘志が、まだ心の奥にくすぶっている。

「引退しないで済む方法が、一つだけあるぜ」

半分冗談のつもりで、その言葉を口にしていた。

「野球はピッチャーが投げるだけじゃないんだぜ。バッターに転向して再起するんだ」

その翌日。事務所を訪れた茂治は、引退を申し出る代わりに、バッター転向のためのテストを願い出た。

マッサージを受けに球場へ来ていた茂野は、話を聞いてテストピッチャーを志願した。二年連続最多勝のエースが相手では厳しすぎるのでは……周囲からそんなささやきも聞こえたが、茂野には予感があった。

高校時代からオレが見てきたお前の野球センスが本物なら……その片鱗《へんりん》を見せてみろ！

空振りを続けていたバットが、徐々にボールをとらえだす。三打席目、茂治の打球は無人のスタンドへ飛び込んだ。

三打数一ホーマー。堂々の合格。茂治は天を仰ぎ、叫んだ。

「やった……吾郎、おとさんやったぞ……！」

あれから三年かぁ……。

目を伏せ、カップを口へ運ぶ。冷めたコーヒーとともに、苦い思いが体にしみ込んでいく。

自分があんなことを言わなければ……あの時、バッターに転向さえしなければ、茂治があの事故にあうこともなかったのだ。

その年のプロ野球界は、東京ウォリアーズが新しく獲得した外国人投手の話題でにぎわっていた。ジョー・ギブソン。前年、メジャーで二十勝を上げた本格派左腕だ。そのギブソンの公式戦初登板が、オーシャンズとの三連戦の初日と発表された。

茂治はその試合、七番ファーストで出場した。バッターに転向して以来、一軍では初のスタメンだ。

ギブソンは評判どおりの、いや、評判以上の怪物だった。初回、いきなり当時の日本野球界最高速を更新すると、その後も力のあるストレートで次々とバッターをなで斬りにしていった。

五回まで、ギブソンはオーシャンズ打線をパーフェクトにおさえた。そして六回、茂治が先頭打者として打席へ入る。

ギブソンの渾身《こんしん》のストレートを、茂治は振り抜いた。バックスクリーン直撃のソロホームラン。その日最速のボールだった。

そのホームランをきっかけに、ギブソンの歯車が狂いはじめる。打たれて動揺したわけではない。オーシャンズ打線がガラリと戦法を変えたのだ。無理に強打を狙わず、セーフティバントとスクイズで細かく点を追加していく。日本野球独特の小技の連続に、ギブソンは明らかにいらだっていた。

七回裏ツーアウト。そのいらだちが頂点へ達した。無造作に投げたボールが大きく外れ——打席で構えた茂治のヘルメットを直撃した。

バットを落とし、のけぞるように倒れる。

満員のスタンドは凍りついた。

両チームの選手と観客が固唾《かたず》を飲んで見守る中、茂治はゆっくりと立ち上がった。笑顔で、大丈夫だ、というように手を上げる。

拍手を浴びながら、茂治が一塁へ歩く。ギブソンは危険球退場となり、そこでマウンドを去った。

この出来事が、オーシャンズの勢いに火を点けた。打線は後続のピッチャーを打ち崩し、先発の茂野は三塁を踏ませなかった。茂治自身も死球の影響を感じさせず、積極的な走塁でチームを引っ張った。

オーシャンズの快勝と茂治の活躍に、横浜のファンは酔った。それが、最後に見る本田茂治の姿になるとも知らずに……。

「茂野さん……？」

呼ばれて、我に返る。

桃子が心配そうに見つめていた。

「あの、本当にご迷惑なんじゃ……」

「あ、いや。すみません……吾郎君が横浜リトルへ入るのが、いいかどうかでしたね」

何をボケッとしてんだ、オレは。

カップを置き、話に集中する。

面識程度しかない自分を、わざわざ訪ねてきてくれたのだ。今は彼女と吾郎の問題にしっかりと向き合おう。それが、あいつの死のきっかけを作ったせめてものつぐないだ。

「あの子が父親と同じユニフォームを着たいって気持ちは、痛いほど分かるんです……でもあたしは……子供の頃には、もっともっと大事にすべきことがあると思うんです。友達とか、思いやりとか、約束を守るとか……人として絶対に忘れちゃいけないことが」

問いかけるように茂野を見る。

茂野はしばし桃子を見つめ、表情を緩めた。

「……いや、その通りでしょ。なんだ、私なんかに相談しなくても、答えは出てるじゃないですか」

「でも、なんだか自信がなくなってきちゃって……」

うつむいた目元に、疲れの色が浮かぶ。

「野球のこと、よく分からないし……おとさんを思うあの子の気持ちは、他人のあたしには結局分かってあげられないいんじゃないかって……」

「バカ言っちゃいけねーよ！」

思わず声が大きくなる。

「そんなに吾郎君のことを考えてるあんたの、どこが他人だって言うんだよ！　母親のあんたが、他人なんて言葉を二度と使っちゃダメだ！」

「茂野さん……」

「血がつながっていようといまいと、あんたは充分立派な親だ！　自信持ちなよ。本田が天国でハラハラしてるぜ」

おどけたように親指を立てる。

目を丸くして聞いていた桃子が、再び顔を伏せる。膝の上で握りしめた手に、ぽとりとしずくが落ちた。

「……はい！」

ずいぶん悩んだんだろうな……。

ハンカチで目元を拭う様子を、茂野は見つめた。

ホッとして緊張の糸が緩んだのだろう。どれほどこの問題を真剣に考えていたのかがうかがえる。

見てるか、本田？　たまにはこっちへ来て、夢の中でもいいから励ましてやれよ！

気を取り直したように、桃子が立ち上がる。

「やだ、メイク取れちゃった……ちょっと化粧室へ行ってきます」

「あ、どーぞどーぞ」

歩きだした途端、その体がフラリとよろけた。支えを失ったように、その場に座り込む。

「星野さん……!?　大丈夫ですか？」

思わず腰を浮かす。

見上げた桃子の顔は、血の気が引いて真っ青だった。

「ええ……ちょっと立ちくらみが……」

言い終わらぬうちに、手で口を押さえる。喉の奥が苦しげな音を立てると、指の間から赤いものがしたたり落ちた。

「星野さん!?」

駆け寄り、崩れ落ちそうな体を支える。

「救急車！　誰か救急車を呼んでくれ！」

茂野の声が、店内に響き渡った。


今度こそ……。

そう思いながら、三度の休み時間が過ぎていった。

ドルフィンズをやめて横浜リトルへ行く。それだけのひと言が、今の吾郎にはとてつもなく重く感じる。

こんなことなら、朝一番でみんなに話しときゃよかったぜ……。

「ええっ!? ドルフィンズをやめる……!?」

屋上で話を聞いた小森は、悲鳴のような声を上げた。

「ああ……みんなを誘っといて無責任なのは分かってるけど……けどオレは、どうしてもおとさんと同じ横浜リトルで野球をやりたいんだ。キャッチャーのお前には、真っ先に話しとこうと思ってさ……」

ウソだ。

心の中で自分にツッこむ。

父親がプロ選手の小森なら、自分の気持ちを理解してくれるかもしれない。沢村や薫に打ち明ける時も、味方になってくれるかもしれない。

最初に話す相手に小森を選んだのは、そんなズルい計算からだと自分で気づいていた。

オレって、卑怯だよな……。

小森はショックの色を隠さなかった。うなだれたまま重い口を開く。

「……本田君がそう決めたんなら、仕方ないいんじゃないかな……さびしいけど……だからって、本田君のその気持ちにぼくらが反対したってしょうがないもん……」

「小森……」

「でも……ぼくはやっぱり、本田君とずっと一緒に野球やってたかった……！」

震える声でそう言うと、小森は駆けだした。一度も顔を上げなかったのは、精一杯の抗議だったのだろうか。

罪悪感が、じわりと全身をひたしていく。

小森を味方につけるという計画はもろくも破れ、ますます沢村や薫に切り出しづらくなった。

「おい本田、昼休みの間、屋上でキャッチボールやろーぜ！」

新品のグラブを手に、沢村が寄ってきた。

それを聞いて、薫もルールブックから目を上げる。

「やるやる！　そのグローブ、一回はめてみたかったんだ！」

「ちっ、しょうがねーな。ぜってー汚すなよ」

「汚さねーよ！　……どした、本田？　行かないのか？」

二人が不思議そうに吾郎を見る。

今だ。今言わねーと。

吾郎は覚悟を決めた。

「あ、あのなぁ……二人とも怒らないで聞いてほしいんだよ……オレ、ドルフィンズを……」

言いかけた時、教室のドアがけたたましく開いた。

担任の小林が、ひどく慌てた顔で入ってくる。

「本田！　すぐに先生と一緒に来い！　お母さんが……！」

えっ……？

桃子が血を吐いて倒れ、病院へ運ばれた。詳しいことは分からない。今から一緒に、車で病院へ向かう。

大急ぎで車を発進させながら小林が説明するのを、吾郎は助手席でぼんやりと聞いた。小林の言葉が、どこか別の世界から響いてくるように感じる。

かーさんが……？　なんで……？　病院……？　病気なの……？

頭の中がぐるぐると回っている。

血を吐いた……？　なんで……オレのせい……？　オレがかーさんを困らせたから……？　かーさんとケンカしたから……？　ひどいこと、いっぱい言ったから……？

暑くもないのに汗が吹き出してくる。吾郎は硬直したまま、フロントガラスを見つめた。

病院は嫌いだ。大嫌いだ。

――おかさんの手、冷たいね。

病室のベッドに横たわった千秋の手は、とても白くて、とても冷たかった。

二度と血の通わない冷たさ。あの手の冷たさを、吾郎はこれまでに二度味わった。

イヤだ……。

――おとさん、起きてよ。

あんなに元気だったおとさん。デッドボールにも負けずに立ち上がったおとさん。

アパートへ帰って眠るまで、冗談を言って笑わせてくれたおとさん。そのおとさんが
……次の朝、なかなか目を覚まさなかった。

「もしもし、ゴロちゃん？　おとさんいるかい？」

先に一人で朝食を食べていると、茂野から電話があった。車でこっちへ向かう途中
だと言う。

「茂野のおじさん……おとさん、まだ寝てるんだ」

「なんだ、じゃあ起こしといてよ。一緒に病院行く約束してるんだ」

「え、病院!?　おとさんどっか悪いの!?」

「ハハハ、違う違う。昨日おとさんデッドボール食らっただろ？　頭に当たったから、
一応検査で診《み》てもらうだけさ……」

不意に、胸騒ぎがした。茂治は布団にうつ伏せになったたまま、ピクリとも動かない。

「おとさん、起きてよ……」

体を揺さぶった。反応はない。

「起きてってば！　おとさん！」

腕を引っ張って起こそうとした。その手から、ひんやりと絶望的な冷たさが伝わってきた――

もうイヤだ……もう……。

体の震えが止まらない。

「イヤだ……もう、誰か死ぬのはイヤだよ……！」

ハンドルを握った小林が、ギョッとしたように吾郎を見る。

「バ……バカ！　何を悪いほうへ考えてるんだ！　人がそう簡単に死んでたまるか……！」

叱《しか》るように励ましながら、強くアクセルを踏み込む。車はスピードを上げた。

病院へは十分ほどで着いた。受付で場所を聞き、廊下を急ぐ。突き当たりの扉の上に、赤々と点灯した『手術中』のランプが目に飛び込んできた。

ベンチに座っていた男が振り返る。茂野だった。

「おお、来たか」

「し、茂野のおじさん……!?」

「久しぶりだな、ゴロちゃん」

小林が茂野の前へ進み出る。

「あの、本田君のお母さんの容体は……！」

「分かりません……一応、胃か十二指腸潰瘍《かいよう》の疑いが強いということで、いま緊急処置をおこなってます」

「胃潰瘍……じゃあ、命に別状はないんですね!?」

「ええ、たぶん……ただ、病状から見て胃に穴があいてる可能性もあるらしくて……医者は、腹膜炎を併発してなければまず大丈夫だろうと言ってましたが……」

要するに、手術が終わってみないと、はっきりしたことは分からないということらしかった。

かーさん……。

時間が進むのが、やけに遅く感じる。『手術中』の文字を見ていると不安になるので、吾郎はなるべくそちらを見ないようにした。

目の前にジュースの缶が差し出される。茂野が近くの販売機で買ってきてくれたらしい。

「あ、ありがと……」

受け取ると、茂野は吾郎の横に座って自分の缶コーヒーを開けた。

なんで茂野のおじさんがここに……?

今さらながら不思議に思った。その疑問を察したように、茂野が口を開く。

「お前のかーさん、オレと喫茶店で話してる最中に倒れたんだよ」

「え……おじさんとかーさんが、なんで……?」

「かーさん、お前のことで悩んで、わざわざ相談に来たんだよ。友達捨てて横浜リトルへ入るのが、正しいのかどうかをな」

ニヤリと笑って吾郎を見る。なんだかイタズラを見つけられたようで、吾郎は思わずうつむいた。

「なあ、吾郎」

穏やかに茂野が言う。

「お前、生きてる人間と死んだ人間のどっちが大切なんだ?」

「えっ……」

「どんなに親父の影を追っかけても、もうあいつは戻ってこないんだぜ? 今お前を愛してくれるかーさんや友達を悲しませてまで、死んだ人間の人生をなぞることがそんなに大事なのか?」

吾郎は答えなかった。

言われるまでもなく、感じていたことだ。いや、本当は最初から分かっていたのかもしれない。

仲間との絆の重さ。桃子の存在の大きさ。今日一日でイヤというほど思い知らされた。それらを失うことに比べたら、自分のこだわりがひどくつまらないことに感じられる。

かーさんが元気になってくれるなら、他に何もいらない……!

それが、今の正直な気持ちだった。

手術室の扉が開いた。看護師が三人がかりでベッドを廊下へと引っ張りだす。横たわった桃子の顔が見えた。

「かーさん……！」

ベッドに駆け寄る。茂野が看護師にたずねた。

「手術の結果は……!?」

「大丈夫ですよ」

続いて出てきた医師が、代わりに答えた。

「手術と言っても、内視鏡的な処置で済む程度の十二指腸潰瘍でしたから」

潰瘍の部分にたまたま大きい血管があって、吐血がひどかった。あとは投薬と食事療法で治せるので、明日にでも退院できる、と医師は説明した。

「かーさん……」

ごめん……そう言おうとした時、桃子が優しく吾郎を見上げた。

「ごめんね、吾郎……今日、まだ晩ごはん作ってないんだけど、どうしよっか？」

幼い頃から見慣れた、いつもの笑顔だった。

桃子が病室へ移ると、簡単に見舞いの言葉を述べて小林は帰っていった。

「さてと、それじゃオレもそろそろおいとまするかな」

「茂野さん……本当に、ご迷惑かけてすみませんでした」

頭を下げる桃子に、茂野が携帯番号のメモを渡す。

「また何か困ったことがあったら、いつでも呼びつけてください。これでも横浜の頼れるエースですから！」

茂野が出ていくと、病室はガランと広く感じられた。窓の外を沈んでいく夕日を、しばし二人で眺める。

「ごめん、かーさん……オレ、もう横浜リトルへ行くなんて言わないよ」

夕日を見つめながら、吾郎はずっと言いたかった言葉を口にした。

えっ？　と意外そうに桃子が見る。

「オレ……もう、おとさんのこと振り返るのはやめる。だって、いくら振り返ったって、おとさんはもう帰ってこないもんね」

「吾郎……」

「オレ、今でもはっきり覚えてるよ。おとさんが、オレにかーさんのこと好きだって言った時のこと……」

——おとさんなぁ、桃子先生のこと好きになっちゃったんだ……。

保育園の卒園式の翌日だったと思う。いつものように一緒に野球ゲームをやりながら、茂治がぽつりと言ったのだ。

——おかさんのこと忘れるわけじゃない……オレもお前も、ずっと忘れることなんてできないと思うけど……。

茂治の頬にひと筋、涙がつたった。

——おかさん、許してくれるよな……？

——うん。桃子せんせーだったら、きっとおかさん許してくれるよ！

そう言って、茂治の背中に抱きついた。

「だから、オレもおとさんに言うよ……おとさんのこと忘れない。ずっと忘れられないだろうけど……オレは大好きなかーさんと一緒に、これからは前だけ向いていくよって！」

照れくさいけど、思い切って言った。

驚いて見つめる桃子の目に、みるみる涙がにじんでくる。手で顔を覆い、桃子は泣きだした。

「な、なんだよぉ、泣くことないだろ」

「だって……」

——吾郎君を……私に引き取らせてください！

あの日から、桃子せんせーはかーさんになった。そして今日、オレとかーさんはまたちょっとだけ近づいた。

——もう二人で歩いていけるだろ？

おとさんが、オレたちの背中を押してくれたんだ。

病室でしばらく過ごした後、吾郎は自宅へ戻った。家へは入らず、自転車をこぎ出す。

線路を越え、夜の道を走っていく。やがて、見覚えのある家の門が見えた。

「吾郎君……!? どうしたの、こんな時間に？」

寿也が驚いた顔で出迎えた。

「寿君、オレさ……わりーけど、やっぱ横浜リトルには入らないよ」

「えっ……!?」

しばし絶句した後、寿也はさびしげな笑顔を浮かべた。

「……そう。一緒に野球したかったけど……吾郎君には今の大事な仲間がいるんだね」

「オレ、ドルフィンズを強くして、きっと横浜リトルに挑戦してみせるからさ！ またグラウンドで会おうよ！」

「うん……約束だよ！」

寿也に別れを告げ、今来た道を引き返していく。三船町へ引っ越す前、最後に寿也とキャッチボールしたのはこのあたりだ。

——約束だよ、吾郎君！ またいつか、一緒に野球やろうね……！

あの日の約束は、もっと大きな目標となってよみがえった。

ペダルをこぐ足に力が入る。

帰ったら、すぐ小森に電話しねーとな。

ドルフィンズに残ると決めた事。そして、勝手にチームの目標を決めた事。

打倒、日本一の横浜リトル！

勢いよくペダルを踏み下ろしながら、吾郎はワクワクと輝く目を夜空へ投げた。


七月――

紺色に染まったカリフォルニアの空に、きらびやかな花火が次々と上がった。

メジャーリーグ、オールスターゲーム……野球の頂点と言われるメジャーリーグの中でも選《よ》り抜きのスーパースターが集結し、その華麗なプレーで観客を魅了する、夢の祭典の開幕だ。

「うわあっ、きれーきれー！　見ろよ本田、花火花火！」

ボックス席の中、薫がはしゃいで立ち上がる。

「うるせーなぁ。花火なんて日本でも見れんだろ」

「アメリカで見るから感動的なんだろ！　しらけたこと言ってんじゃねーよ！」

「何ぃ～？」

「ハハハ、まあまあ。花火もいいけど、この後の試合も注目だよ」

隣に座ったスーツ姿の男――日下部《くさかべ》がなだめるように笑った。

両軍のベンチから選手たちが姿を現すと、スタンドは一気に興奮に包まれた。グラウンドをはさんで、選手が整列する。アメリカ国歌が流れだした。

一塁側に並んだ選手の中、ひときわ長身の白人を吾郎はじっと見つめる。

ギブソン……！

おとさんの命を奪った男が、そこにいた。

桃子の入院から二ヵ月半――のどかな春の陽射しは、いつの間にかギラギラと照りつける夏の太陽へと変わった。

日曜午前中の練習には、今のところ全員が休まずに参加している。吾郎が発表した目標、打倒横浜リトルにはさすがに、はぁ？　という反応だったが、それでも以前に比べれば、みんなずいぶん真面目《まじめ》に練習に取り組むようになったと思う。

技術がついてくると、プレーしていても楽しくなる。相変わらずボヤきが大半を占める中、時折笑顔も見られるようになってきた。とは言え、実力的にはまだまだ。秋に迫った大会を勝ち抜けるレベルにはほど遠い。

どうにか全体のレベルアップを図る練習方法はないものか……そんなことを考えながら帰宅したある日、ドアをノックしようとしている一人の男性が目に止まった。

「私は東京ウォリアーズの通訳をしている日下部という者です。メジャーリーガー、ジョー・ギブソンの使いで来ました」

居間へ通されると、男性は吾郎と桃子にそう挨拶した。ギブソンがウォリアーズに在籍した三年間、通訳として公私にわたって彼と付き合ってきたのだと言う。日下部は、驚いている吾郎たちの前に一枚の封筒を置いた。

中身は、アメリカ行きの二人分の航空チケットと、メジャーリーグ、オールスターゲームの招待券。封筒の裏には、手書きの文字でこう書かれていた。

『私の野球人生で出会った最も偉大なるスラッガー、本田茂治の息子へ贈る』

今さら……と思った。

父を失って三年。恨む気持ちは年月とともに薄らいだが、かと言って許す気にもなれない。ギブソンが茂治の命を奪ったという事実は、永遠に消えはしないのだ。今頃になってこんなご機嫌を取るようなまねをされても、ありがたいと思えるわけもない。が、結局吾郎はアメリカ行きを決めた。野球を生んだ国の、世界一のバッティングやピッチングをこの目で見たいと思ったことが一つ。

そして、もう一つの理由のためだった。

カンッ！　初回、ツーアウトから鋭い打球が右中間へ飛んだ。バッターはファーストを蹴り、セカンドへ向かう。がっしりとした巨体なのに、短距離選手のようなスピードだ。

ライトが打球をすくい、セカンドへ投げる。

無理だ。間に合わない。

そう思った瞬間、矢のようなボールが二塁手のグラブへ飛び込んでいた。

アウトのコールに、スタンドが沸く。

打撃、走塁、守備。ほんの数秒の間に、いくつものスーパープレーが生まれ、消えていく。グラウンドの男たちはそれを当然のように、笑顔すら浮かべてやってのけた。

これがメジャーか……！

吾郎はゴクリと唾《つば》を飲み込んだ。

「わぁ、あのセカンドかっこいい！　映画スターみたいじゃん！」

薫がまた、はしゃいだ声を出す。

アメリカには日下部が同行することが決まっていた。言葉の心配はなくなったが、桃子は県の保育園の会合に出席しなくてはならず、どうしても都合がつかない。余ったチケットの権利は、沢村、小森との熾烈《しれつ》なジャンケンのすえ、薫が勝ち取った。

ちぇっ、なんでよりによってコイツが……選手の顔よりプレーに感動しろっつーの！

心の中でボヤいている間に、攻守が交代した。サザン・リーグの選手がベンチへ下がり、ノーザン・リーグの選手たちが守備位置へ散っていく。

マウンドにギブソンが上がった。

ゆっくりと足元の土をならし、鋭く前方を見据える。その風格は、サバンナに立つライオンを思わせた。背中に垂れた長い金髪が、たてがみのように揺れる。

――マウンドに上がったら、全力を尽くすつもりだ。全米の野球ファンと、はるばる日本から来てくれた友人のために。

試合前のインタビューで、ギブソンがそう答えたのを日下部の通訳で知った。

ふん、何が友人だよ……いい子ぶりやがって。

ウォリアーズの助っ人として来日した当初、ギブソンは日本野球への軽蔑《けいべつ》を隠そうともしなかった。マイナーレベルの日本のバッターに打たれる予定はない。最初の会見でそう発言し、記者たちの度肝を抜いたものだ。

初登板以降、ギブソンの日本をナメたような態度はピタリと影を潜めた。茂治にホームランを打たれたせいなのか、自分の投じた死球で茂治の命を奪ったのを悔やんでのことなのかは分からない。ともかく、その後三年間にわたってギブソンはウォリアーズに在籍し、幾度となくチームの勝利に貢献した。

今年の春、ギブソンはウォリアーズとの契約期間を終え、ファンに惜しまれながら再びメジャーへ戻っていった。問題児は、三年の間にヒーローになっていた。

おとさんだって、もし生きてたらギブソン以上のヒーローになってたさ！

ドン……！　体を折り曲げるような独特のフォームから放たれたボールが、バッターの胸元へ飛び込んだ。ワンストライク。

ボールを返し、キャッチャーがサインを出す。ギブソンは首を振って拒否した。別なサイン。これにも首を振る。マウンドで、ギブソンは不意に何かを叫んだ。チームメイトが驚いたようにマウンドを見る。

「おじさん、あいつ今、なんて言ったの？」

「さあ、よく聞こえなかったけど……」

背後の観客席で声が上がった。ラジオを聞きながら観戦していた客の一人が、興奮した様子で何かしゃべっている。それを聞いていた日下部の顔色が変わった。

「吾郎君……ギブソンが言った内容が分かったよ」

「えっ？」

「彼はこう言ったんだ……この試合、オレはすべてストレートだけで勝負する」

ウソだろ……!?

吾郎は呆然と、グラウンドに目をやる。

いくら速くても、直球しか来ないと分かっていて通用するほど、プロの世界は甘くないはず。まして、相手はメジャーでも超一流のバッターたちなのだ。

打席のバッターが鋭く睨んでバットを構えなおす。ギブソンの発言に腹を立てているのは明らかだ。

「これはぼくの思い過ごしかもしれないが……」

日下部が考え込むように言った。

「もしかしたらギブソンは、メジャーのスーパースターたちを直球だけで打ち取ることで、君のお父さんの偉大さを、君だけに証明しようとしてるんじゃないのかな」

「おとさんの……？」

「君のお父さんがホームランを打ったのは、彼の最高のストレートだった。ギブソンは相手が手ごわいバッターであるほど、ストレート勝負にこだわるんだ」

一人、二人……そして三人目のバットも次々と空を切った。三者連続三球三振。完壁なピッチングで初回を終え、ギブソンはベンチへ戻っていく。スタンドのどよめきが、その背中を見送った。

「……ふん。そんなことでオレが許すとでも思ってんのかね」

吾郎のつぶやきに、日下部と薫が「えっ？」と見る。

あいつはおとさんを殺したんだ。そんなことでてめーのイメージ変えようったって、そうはいかねーぞ！

あの日――茂治の眠る病室に、ギブソンがフラリと現れた。

亡骸をじっと見つめたまま、ギブソンは十分ほども黙って立ち尽くした。やがて、再び無言のまま立ち去っていく。

その背中に向かい、吾郎は走り出した。思い切り足に体当たりする。小さな吾郎の体ははね返され、床に尻もちをついた。ギブソンがいぶかしげに振り返る。

「か、返せ……」

ありったけの気持ちを振り絞り、吾郎は叫んだ。

「返して……ぼくのおとさんを、返してよぉーっ！」

座り込んだまま、声を上げて泣いた。

泣きじゃくる吾郎をじっと見下ろしていたギブソンは、やがて背を向けて廊下を歩きだす。

「Ｓｏｒｒｙ　ｂｏｙ……」

──すまない……。

それが、ギブソンの発した言葉のすべてだった。

忘れるもんか……そんなことで、許してやるもんか……！

二回、ノーザン・リーグ選抜チームは四番のホームランで1点を先制した。チェンジとなり、再びギブソンがマウンドへ向かう。

打ち気にはやる四番打者のバットを、ギブソンのストレートは魔法のようにすり抜けた。二回に入り、ますます球威が増したようだ。

これで四者連続三振。

ふん、そんなことで……。

次の打者も三振した。五者連続だ。

いつの間にか、拳を握りしめていた。手のひらが汗ばんでいる。グラウンドはあんなに遠いのに、ボールの迫力が間近に伝わってくる。

闘志もあらわに、ギブソンが投げる。六人目の打者のバットが空を切った。スピード表示は100マイル──約160キロ。茂治がホームランを打ったボールと、ほぼ同じ速さだった。

どっ、とスタジアムが興奮に包まれる。六者連続三振。オールスター新記録だ！

誰かが叫んだ。

マウンドで静かに微笑むと、ギブソンは帽子を高く上げて歓声に応えた。その姿が、とてつもなく大きく見える。

ちくしょう……。

呆然と立ったまま、吾郎はその様子を見つめた。

そのピッチングに、鳥肌が立つほど感動してしまったことが悔しかった。

試合は、1点差でノーザン・リーグの勝利に終わった。六連続三振をとったギブソンは、この日のMVPに選ばれた。

「いい試合だったね」

日下部が席を立つ。それを見上げ、吾郎は言った。

「おじさん……ギブソンに会うことってできるかな？」

薫と二人でしばらくロビーで待つと、日下部が話を終えて戻ってきた。ギブソンが待っていると言う。

選手通路を抜け、ダグアウトからグラウンドへ出た。無人のスタンドが、終わったばかりの試合の熱気をたたえてシンと静まり返っている。ホームベースのあたりに、ラフなジーンズ姿に着替えたその男が立っていた。

進み出て、向かい合う。メジャーのスーパースターは、幼い日に見上げた時よりもはるかに大きく感じられた。

ギブソンは穏やかに吾郎を見つめると、日本からよく来てくれた、という意味のことを言った。

その目を正面から見返す。

「前から、あんたに聞いてみたいことがあったんだけどさ……」

アメリカへ来ることを決めた、もう一つの理由――

茂治のことは振り返らないと決めた。前だけを見て歩いていこうと。それでも、たった一つ残った疑問が心の奥に引っかかっていた。

「あれは……本当に事故だったんだよな？」

バカにしていた日本野球。その日本野球から、バント攻めの洗礼を受けた。なんだこの野球は……こんなのはベースボールじゃねえ……！　ギブソンのいらだちは、客席にまで伝わってきた。その直後の死球。

動揺して手元が狂ったのか、それとも……怒りにまかせて故意にぶつけたのか。それは、投げたピッチャーにしか分からない。

吾郎の言葉に、日下部は慌てた。

「あ、当たり前じゃないか吾郎君！　あれは手がすべって……」

「いいから訳してよ、おじさん」

仕方なく、日下部は吾郎の質問を伝えた。ギブソンは耳を傾けると、深い目でしばし吾郎を見つめる。やがて、待っていてくれ、と言い残して一旦ベンチの奥へ消えると、すぐにバットとボールを持って戻ってきた。

日下部に何か話すと、ギブソンはバットを手に打席へ向かう。戸惑った顔で日下部が近づいてきた。吾郎にボールを渡しながら言う。

「君の質問に対する彼の答えはこうだよ……たとえあれが事故だったとしても、それは私の精神的、技術的な未熟さが生んだ悲劇にほかならない。君のお父さんを死なせてしまった十字架を、私は一生背負っていくしかないのだ。しかし、もし君の気持ちが少しでもおさまるなら……このボールを、私めがけて思い切り投げてくれ」

え……!?

思わず振り返る。ギブソンは、バットを持って静かにたたずんでいた。

「頭でもどこでも、気が済むまでぶつけてくれていい。これぐらいしか、今の私は君の気持ちに応えられない……と」

受け取ったボールを、吾郎はじっと見つめた。好戦的な笑みが浮かぶ。

「……いいね。ついにこの手で恨みを晴らせるってわけだ」

「ご、吾郎君!?　君は本気で……！」

日下部を無視して、マウンドへ向かう。

「や、やめろよ本田！　そんなことして何になるんだよ！」

薫がムキになって叫ぶ。構わず、吾郎は振りかぶった。

ギブソンがバットを構える。その目は淡々と吾郎を見つめていた。

答えはもう分かっていた。今日のピッチングでギブソンが見せたもの——それはプライドだ。

オレがメジャーだ。オレのストレートは世界一だ。そんな荒々しい、孤高なまでのプライドなのだ。そして、同じプライドがおとさんにもあった。

さあ、投げて来い。オレのバットで打ち砕いてやる……！

二人のプロが、プライドをむきだしにして向かい合った。故意の死球で台無しになんてできるわけがない。あの瞬間、ギブソンもおとさんも、ライバルとの真剣勝負を楽しんでいたに違いないのだから。

これが、オレからのあいさつだ……！

思い切り足を踏み出し、吾郎は投げ下ろす。

ボールはストライクゾーンのど真ん中を貫いた。

驚いた顔で見送ると、ギブソンがもの問いたげに吾郎を見る。

マウンドを下り、打席へと歩み寄った。

「この罰ゲームはまた今度にするよ……いつかオレが、あんたと同じぐらいすごい球投げれるようになった時にね！」

ニッと笑って、右手を差し出す。

「さいなら、ミスター」

ギブソンはア然とその手を見ていたが、やがて微笑み、握り返した。

「See　you　again」

――また会おう。

ああ、そっか。
茂治の声が聞こえた気がした。
世界にはこんなすげぇ野球があるんだぞ、吾郎。いつか、その頂点に立つ男を……
おとさんのライバルだった男を越えてみろ！
おとさんは自分の代わりに、オレにでっかい目標を残してくれたんだね！
打倒、横浜リトル。見据えた視線のそのはるか先に、まだおぼろげではあったが、
どこまでも続く夢の舞台が広がっていた。

決戦前夜

「よっ……と！」

持っていたカゴを下ろすと、安藤は大きく息を吐いた。ボールが満杯に入ったカゴは、かなりの重量になる。これを持って、暗くて狭い店内を何度も往復するのはけっこうな労働だ。

イタタタ……。

腰を伸ばし、汗を拭う。もう九月の下旬だというのに、今夜も蒸し暑い。高校時代は野球でずいぶんきたえたつもりだったが、最近、重い物を持つとすぐに腰が痛むようになった。

十五年か……。

我ながら、よく続いたものだと思う。確かにツキもあった。監督に就任した当初は実力ある選手たちに多く恵まれ、おかげで全国大会へも顔を出すことができた。だが、当時のメンバーが卒業していったのをきっかけに、次第にチームの戦力は低下した。

横浜リトルに樫本監督が就任したのが、丁度その頃だった。樫本は見事な統率力で、名門横浜リトルをさらにレベルアップさせ、常勝集団へと育て上げた。

あの頃は、対抗意識を燃やしたもんだっけなぁ。

圧倒的なチーム力を誇る横浜に、なんとか一矢を報いたかった。三船の栄光を再び。そんな野望にとらわれ、たまたま見つけた五歳の天才野球少年に、変化球を仕込むようなまねもした。

チームの弱体化は止まらなかった。やる気のある者は次々とサッカーチームへ流れ、ついに定員割れ。試合すらできない状況になってしまった。解散の危機が訪れた時、とうとう来るべき時が来たのだと覚悟した。

監督にすら見限られたチーム。それを、一人の少年が救った。かつて出会った天才少年が仲間を集めてチームを再生し、三船リトルを復活させたのだ。

本当に、ここまで来たのは吾郎君のおかげだ……。

「打倒、日本一の横浜リトル！　イコール神奈川制して三船リトルが全国大会進出だ！」

吾郎がその目標を宣言した時、目が点になった。チームメイトも、また本田が無茶なこと言いだした、とまともに取り合おうとしなかった。

まあ、夢は大きいほうがいいからね……。

しかし、吾郎はどうやら本気だった。アメリカへオールスターゲームを見に行ってからは、さらに熱意が高まった。

「おじさん、夏休みに強化合宿をやろうよ！」

集中的に特訓すれば、みんなもっとうまくなるはず。

この提案に、安藤は乗った。吾郎に感化されたわけではない。残酷なようだが、現実を知ることも必要だと考えたからだ。

合宿先には、あえて全国の強豪チームが集まる合同合宿所を選んだ。以前、三船が強かった頃に何度か使ったことのある場所だ。予想どおり、横浜リトルをはじめとする全国の名だたる強豪チームが、同時期に合宿に訪れていた。

合宿初日、安藤はチームの全員を引き連れ、練習試合の見学に出向いた。横浜リトル対南武リトル。去年の全国一、二位の試合だ。

圧巻だった。南武《なんぶ》リトルは攻守にバランスの取れたいいチームだったが、それでも横浜リトルにはまったく歯が立たなかった。

四番真島《まじま》を中心とする強力打線は容赦なく相手投手を打ち込み、エースの左投手江角《えすみ》の鋭いカーブは三振の山を築く。

さらに驚いたのは、五回からリリーフした新人ピッチャーだ。川瀬涼子《かわせりょうこ》というその少女は六年生の帰国子女で、アメリカのリトルリーグで野球をやっていたということだった。特徴的なフォームから投げる男子顔負けのストレートと巧妙な変化球で、二回を完璧におさえきった。

ドルフィンズの子供たちは、言葉を失った。日本一の実力を目の当たりにした反応としては当然だ。吾郎も、真剣な顔で押し黙っていた。さすがに無理だとあきらめたと思ったのだが……。

試合が終わった後、吾郎は言いだしたのだ。

「おじさん、オレ……変化球を覚えようと思うんだ」

ストレートだけでは、あの打線をおさえきれるかどうか分からない。使える変化球が一つあれば、大きな武器になる。

あきらめるどころか、吾郎は真剣に横浜リトルの攻略法を考えはじめていた。

「吾郎君は……本気で横浜リトルに勝ちたいのかい？」

「何言ってんだよ、おじさん！　誰だって、強いとこに勝ちたいと思うのは当たり前じゃないか！」

「それはどうかな……みんなが吾郎君のように、野球にすべてをかけてる子ばかりじゃないからね」

言わなければ、と思った。今のうちにあきらめさせなければ、後で傷つくのは吾郎なのだ。

「吾郎君のやる気はおじさんとしても嬉しいけど……でもね、吾郎君一人で横浜リトルを倒して、大会を勝ち進んでいくのは絶対に無理なんだ」

「な、なんで!?」

「リトルリーグのルールでは、一人のピッチャーが何試合も連投することは認められていないんだ。他にピッチャーが一人もいないウチの状況で、全国大会へ出ることは不可能なんだよ……」

宿舎へ戻っても、後味の悪さが残った。

じっと唇をかみしめていた吾郎の顔が目に浮かぶ。

かわいそうなことをしてしまったな……。

しかし、一人の才能ある選手の力だけでは、大会を勝ち抜けないのは事実だ。全国を目指すためには、チーム全員が一丸となって勝利へ突き進まなければならないことは、経験から知っている。

「時代の流れ、か……」

沢村会長に言われた言葉がよみがえる。

今の子供たちに、以前のようなスパルタ指導は通用しない。厳しくすれば、みんな簡単にやめてしまうだろう。せっかく、みんなが野球の楽しさに気づきはじめたばかりなのだ。勝つことばかりにとらわれず、このままみんなで楽しく野球を続けていければ、それでいい……。

「よぉし、ナイスボール！」

宿舎の外で、声がした。

「もっと肩の力抜けよ！　胸をそらして、体全体で投げてみろ！」

「おーし、行くぜ！」

こんな時間に誰が……？

窓を開け、見下ろす。

そして目を見張った。

夕闇の濃い中庭で、三人の子供たちの影が躍っている。

「うらぁ！」

沢村が投げる。ボールはワンバウンドして、構えた小森のミットをはじき、おでこを直撃した。

「あ……!?」

「わ、わりぃ小森！」

「大丈夫か!?」

沢村と吾郎が駆け寄る。

小森はおでこをさすりながら、笑顔で言った。

「へっちゃらだよ、このぐらい。それより沢村君、ほんといい球来てるよ！　もっと練習すれば、本田君と二人で横浜リトルと戦うところまでいけるかもしんないよ！」

「ほんとか？　おーし、こうなったら本田からエースの座、奪ってやる！」

「調子にのんな、てめ～！」

窓の手すりをつかんだ手が震えた。

私はバカだ……！

沢村の目も、小森の目も、夕暮れの中キラキラと輝いている。まっすぐに、前だけを見つめる目。吾郎と同じ目だ。

時代や子供のせいにして、夢をあきらめていたのは私のほうじゃないか……！

チームを失うことを恐れて、いつの間にか子供の顔色ばかりうかがう監督になり下がっていた。ここには、こんなにも夢に前向きな小さな戦士たちがいるというのに。

翌日、グラウンドに集まった子供たちを、安藤は厳しく見渡した。

「今日は、君たちにマラソンをやってもらう！　ただし、体をきたえるのが目的ではない。君たちのやる気をテストするためだ！」

もう一度だけ、賭《か》けてみよう。子供たちを信じてみよう。心は決まっていた。

「あの山にグリーンラインが通っている。山頂の休憩所まで、十キロはあるだろう。往復で二十キロだ。歩いてもかまわない。日のあるうちに、このグラウンドへ戻ってこい！」

「に、にじゅっきろ～!?」

子供たちが素《す》っ頓狂《とんきょう》な声を出す。

「吾郎君の言うように、私も全国進出を目指そうと思う！　ただし、それにはもっともっと厳しい練習が必要だ。いくら私が強制しても、君らにやる気と根性がなければついて来られないだろう。今日はそのやる気を見せてもらう！」

あんぐりと口を開けた子供たちの中、吾郎だけがニヤリと笑った。

「……へへっ、いーね！　おじさんがそうなってくれんのを、オレは待ってたんだ」

「もし、どうしても途中で投げ出したくなったら、バスが走ってるからそれに乗って宿舎へ戻りなさい。ただし、二度とグラウンドに顔を出す必要はない！　……よし、行け！」

安藤の号令で、ドルフィンズがいっせいに駆けだす。

「マジかよ～!?」

「信じらんね～！」

「あたし、長距離は苦手なのにぃ！」

「長距離だけじゃねーだろ！」

口々にわめく声が遠ざかっていく。

その背中を、祈るように見送った。

がんばれよ……願わくば、全員帰ってきてくれ……！

照りつける太陽の下、安藤は一人グラウンドに立ち、子供たちを待った。

道はほとんど日陰だが、この暑さはかなりこたえるだろう……途中の水飲み場で、ちゃんと水分をとっているだろうか……やはり、いきなり厳しすぎたのでは……。

不安と後悔がのぼってくるたび、それをねじ伏せるのに苦労した。

信じると決めたんじゃないか……！

間もなく三時間になろうかという頃、吾郎と沢村が並んで戻ってきた。

吾郎がトップなのは予想どおりだが、サッカーできたえているだけあって、沢村もさすがに速い。野球は初心者でも、指導しだいで今後ぐんぐん成長していくだろう。

少し遅れて、小森がゴールした。

実力とセンスを兼ね備えた、今やチームに欠かせないキャッチャーだ。小柄な体に秘めた闘志で、ドルフィンズを引っ張っていってくれるだろう。

かなり遅れて夏目が、それを追うように田辺が戻ってきた。

夏目は五年生の中で一番まじめな性格だ。くよくよと悩むクセがあるが、精神的に強くなれば成長も早いだろう。田辺はのんき者だが、内に秘めたパワーはなかなかのものだ。

長谷川と鶴田が同時にゴールする。

長谷川は小柄だが、打球に対する反応はずば抜けている。時々、練習の最中にまでゲームをやっているのは困ったものだが。鶴田は学習塾が忙しいのに、毎週きちんと練習に参加している。マイペースで落ちついた性格は、チームがピンチの時に安心感を与えてくれるに違いない。

あと二人……。

高かった日は、すでに西へ傾きはじめていた。

「おせーな、清水と前原……」

「大丈夫かな……二人とも、折り返しで見た時、足引きずってたから……」

清水薫は、女の子ながらよくがんばっている。気の強い性格もスポーツ向きだが、体力面ではやはりどうしても男の子たちにかなわない。同じ初心者でも、サッカーをやっている沢村と比べ、なかなかコツをつかめずに苦労している様子がたびたび見られた。

前原の練習嫌いは筋金入りだ。何かと理由を見つけては、率先して練習をサボろうとする。野球センスは決して悪くないと思うのだが……。

やはり、体力的な個人差も考慮してやるべきだったか。

安藤の弱気を見抜いたように、吾郎が自信ありげに言った。

「なーに、大丈夫さ。あいつら、あれで負けん気だけは人一倍強いからな」

五分後、薫と前原は一緒に戻ってきた。痛む足を引きずりながらも、互いに肩を支え合い、歯を食いしばってヨタヨタと走ってくる。グラウンドに倒れ込んだ二人の顔には、目標を達成した喜びの色が浮かんでいた。

「よくやった……みんな、よくやった！」

熱いもので、目の前がかすむ。

ああは言ったものの、本気で取り組む姿勢さえ見せてくれればいい。半数近くは脱落するだろう。そんなふうに思っていた。

みんなのことを一番分かっていなかったのは、私だったのかも知れないな……。

薫と前原を取り囲み、笑い合う子供たちの姿を見つめながら、安藤は満足感をかみしめた。

何が変わったというわけではない。合宿の間も、それ以降の練習でも、ドルフィンズは相変わらずだった。前原は隙あらば練習をサボろうとし、薫はポロポロとフライを落とす。沢村も、夏目も、田辺も、長谷川も、鶴田も、少し厳しい練習になるとすかさずボヤきの声を上げた。

ただ……あのマラソン以来、目に見えない何かがチームに生まれたのは確かだ。やればできるんだ。

はっきりと感触のある手応えが、一人一人の体の中に芽吹きつつあった。

夏休みが終わり、新学期の到来とともに、リトルリーグ神奈川大会がスタートした。

一回戦の本牧《ほんもく》リトル。

二回戦の戸塚西《とつかにし》リトル。

手ごわい相手との試合を、三船ドルフィンズは接戦ながら勝ち抜いてきた。

本田吾郎という天才野球少年。そして、その吾郎と練習することで、知らず知らず驚くべき進化を遂げた八人の小さな野球戦士たち。あのマラソンから積み上げてきた力は、今や確かな技術となって彼らの中に根づいていた。

そして、明日の三回戦――ドルフィンズは、ついに横浜リトルとの対戦を迎える。

練習用のボールは、これだけあれば足りるだろう。

閉じたシャッターの内側に並べたボールのカゴを、満足そうに見下ろす。

やれることはやった。あとは吾郎君を……そしてみんなを信じるだけだ。

間違いなく最強の相手との決戦を前に、安藤の心は穏やかだった。

「よぉし！　強い三船リトルの復活だ！　私もあの頃に戻って、明日はベンチから思う存分采配《さいはい》を振るうぞ！」

鼓舞するように、拳を突き上げてみる。

イタタ……。

ミシッと音を立てた腰骨を、安藤はそっとさすった。


よし、漢字の書き取り終了、と！

整然と書かれた文字に間違いがないか見直すと、清水薫はノートを閉じた。教科書を月曜の時間割順に並べ、トントン、と揃える。

本当なら、月曜の宿題は前の日にやればいい。でも、明日の日曜日は試合だ。夜は疲れて眠くなるかもしれないから、今日のうちに終わらせておかなくちゃ。試合だからって、宿題をおろそかにはできないのだ。

あたしは委員長なんだから……！

吾郎と沢村は、どうせやって来ないだろう。月曜の朝になって、見せてくれと泣きついてくるに決まっている。

でも、そうだな……。

ふふっ、と薫は笑った。

明日の横浜リトル戦に勝ったら、見せてやってもいいかも。

教科書とノートをランドセルに入れる。

そうだ、コンパスを持ってくるように言われてたっけ。

ひきだしを開け、コンパスを取り出す。つまみの先が引っかかり、一枚の紙がフワリと落ちた。拾い上げ、広げてみる。

あ、夏休みの……。

宿題で書いた作文だった。

『カァン！

金属音がして、青い空に白い点が飛んでいく。

その白い点はぐんぐん私に近づいてきて、いつも私の五メートル前や後ろに落ちる。

始めて四か月の野球なのに、まだちっともうまくなれない。

まわりのチームメイトを見ていると、どうして私はこんなにヘタなんだろうって、いつも思う。

それでもたまに試合で打てたり、まぐれでも捕れたりしたら、すごく気持ちいい。

こんな気持ちは今までなかったと思う。

野球に出会えて、本当によかった。

』

タイトルは『野球』。

合宿へ行く前に書いたんだっけ……。

読み返していると、鮮やかに思い出がよみがえってくる。

あのつらかったマラソン。炎天下のグラウンドでの練習。そして……。

この作文がなかったら……きっとドルフィンズをやめてたんだよな。

右手をじっと見つめる。

あの日に握られた手の温もりは、今でもこの手の中に淡く残っている。そのままにしていると消えてしまいそうで、薫はそっと握りしめた。

——オレ、この手絶対離さねーから。

トクン、と心臓が音を立てる。

自分の気持ちに……心の奥のほうにしまってあった本当の気持ちに気づいたのは、つい最近のことだ。

最初の出会いは最悪だった。

ぶっきらぼうで、ガサツで、自分勝手で、頭の中には野球しかつまってないやつ。それが、新しいクラスで隣の席になった本田吾郎の印象だった。

野球なんて見たこともなかったけど、一緒にプレーするようになると、どうやらあいつがただの野球バカじゃなく、なんだかすごい才能の持ち主だってことが分かってきた。

思いきりバットに当ててもボテボテと転がるだけのボールが、あいつが打つとピンポン球みたいに飛んで行く。全力で投げても内野まで届かないのに、あいつが投げると磁石で吸い寄せられたみたいに相手のグラブへ一直線に飛び込む。

気がつくと、いつもあいつの姿を目で追っていた。

「なーにやってんだ、運動神経ゼロ女！　ボールと反対のほうへ走ってどーすんだよ！　ギャグでやってんのか、てめ〜！」

フライを落とすたび、吾郎は容赦なくからかいの声を上げた。

「うるせーな、ほっとけ！」

負けずに言い返しながらも、それほどイヤな気はしない。チームに必要な仲間として、ハッパをかけているのが分かるからだ。

いつかうまくなって、あいつに認めさせてやる。そう思うとやる気がわいた。

そして、あのアメリカ旅行。複雑な家庭事情と、痛ましい過去。背負っている夢の大きさ……単純バカな顔の裏側に秘められた、意外な一面も知った。

合宿初日。横浜リトルの試合を見学していると、女の子のピッチャーがマウンドへ上がった。全国大会で準優勝したという強力打線を、しなやかなフォームから繰り出すボールで手玉に取っていく。

吾郎の目が、じっと彼女に注がれていた。

あいつがあんなふうに熱心に女の子を見つめるなんて……。

なぜか、ムカッときた。

年上のお姉さんで、きれいで、横浜リトルのマウンドを託されるようなすごい選手で……どーせ、あたしとは全然違うわよ！

試合の内容より、そのことばかりが気になった。

翌日のマラソンでなんとか完走できたのも、どこかでムキになっていたのかもしれない。おかげでひどい筋肉痛になったけど、がんばって練習には参加した。

「ほんっとに進歩のねえ女だな～。どーせバットに当たんないんだったら、ケツにデッドボール食らって塁に出る練習でもしたほうがいいんじゃねーかぁ？」

例によってからかいの声が飛ぶ。でも、いつものように言い返す気になれなかった。

そうだよね……あたしなんて、人数が足りないからたまたま入れてもらっただけだもん。ほんとはあの子みたいに、カワイくて野球ができる仲間がほしかったんだろ……！

そう思うと、急に練習するのがバカバカしくなった。自分が立っているグラウンドが、やけに遠い場所に感じた。

夏休み最後の日曜日。カゼをひいたとウソをついて、薫は初めて練習を休んだ。

女の子の友達と、一日遊園地で過ごす。わざとはしゃいでみたけど、あんまり気持ちは晴れなかった。

家へ帰ってくると、自転車に乗った練習帰りの吾郎と小森に出くわした。安藤に言われて様子を見に来たらしい。

「あれ？　なんだよ、お前。カゼひいてたんじゃないのか？」

とっさに逃げ出した。

「お、おい、待てよ……！」

家の門の前で吾郎が追いつき、腕をつかむ。振り向きざま、思わず口走っていた。

「離してよ！　あたしもう、野球なんかやめるんだから！」

「な……なんだとぉ!?」

たじろいだ吾郎の手を振り払い、家の中へ駆け込む。後ろ手にドアを閉めた。

「冗談だろ、清水!?　いきなりやめるってどういうことだよ！」

ドアの向こうで、懸命に叫ぶ声がする。

「あのマラソン、完走したじゃねーか！　これからみんなでがんばっていくんだろ！　お前、野球が好きじゃねーのかよ!?」

「……そうね。あたしが好きなのは……」

そっか。そうだったんだ……。

「……野球じゃなかったのかもね」

あたしが、本当に好きなのは……。

吾郎の声が、絶句したようにやんだ。やがて、二人の足音が力なく遠ざかっていくのを、ドアにもたれたまま薫は聞いた。

二学期の最初の日。学校へ向かう足どりは重かった。

教室へ入ると、沢村が駆け寄ってくる。

「おい清水！　お前野球やめるって本当なのかよ⁉」

「う、うん……あたし、ヘタだからやっててもつまんないのよね……ごめんね」

顔をそむけるように席につく。隣で、吾郎がぽつりと口を開いた。

「清水」

「な……何？」

「やめるんなら、ちゃんと自分の口から監督に報告しとけよ。借りてるグラブやユニフォームも返さなきゃいけないだろ？」

こちらを見ずに、事務的に言う。イヤミのひとつも言われるかと思ったが、その口調は淡々と静かだった。

「うん……今日行く」

もしかしたら、引き止めてくれるかも……そんな期待をしていた自分に笑えてくる。何よりも野球を大事にしている吾郎が、野球が好きじゃないと言った自分を許すはずがないのだ。

本田にとって、もうあたしは仲間ですらないんだ……。

もう後戻りはできないんだと、実感した。

学校が終わると、一旦家へ戻ってグラブとユニフォームを持ち、安藤スポーツ店へ向かう。

店の前に立つと、今さらながら後悔が押し寄せてきた。

なんでこんなことになっちゃったんだろ……。

いつも何気なく手にはめていたグラブが、ズシリと重く感じる。

今日提出した宿題の絵は、このグラブをスケッチしたものだった。作文だって……。

——カァン！　金属音がして、青い空に白い点が……。

もっと練習すればよかった……。

もっと本気で打球に飛び込めばよかった……。

もっと思いきりバットを振ればよかった……。

もっと……。

——野球に出会えて、本当によかった。

涙がこみ上げてくる。

あたしってバカだ……ほんとは野球、大好きなのに……！

ふと、走ってくる足音に振り返った。

「え……？」

吾郎が息を切らせ、そこに立っていた。その向こうに、沢村と小森が駆けてくるのも見える。

「ほ、本田……」

「おじさん！　バットとボール借りてくよ！」

いきなり店の中へ叫ぶと、吾郎は店頭に置かれたバットとボールを奪い取った。

「ちょっと来い！」

薫の腕をつかみ、駆けだす。

着いた先はグラウンドだった。

「小森、外野フライ上げてくれ。沢村は返球処理頼む。行くぞ、清水。フライ捕る練習だ」

指示を出すと、外野へ向かって歩きだす。

「ちょ……ちょっと待てよ！」

その背中に叫ぶ。

「なに勝手なこと……言っただろ！　あたしは野球なんて……」

「じゃあ、なんであんな作文書いたんだよ！」

「えっ……」

真剣な目が、薫を見つめていた。

なんで、あの作文のこと……？

ふと思い出した。ホームルームのあと、吾郎は担任の小林に呼び出された。夏休みの宿題を忘れたので、お説教されたらしい。

「バカモンが！　見てみろ、みんなちゃんと書いて提出してるんだぞ！」

怒鳴る小林の声が、廊下まで響いていた。

吾郎はそこで、薫の作文を目にしたのに違いない。そして、野球への本当の気持ちも……。

「オレ、言ったよな。野球の面白さは保証するって……だから、つまんないからやめるなんて絶対言わせねえ！　外野フライも捕れないお前なんか、まだこれっぽっちも野球の面白さを分かっちゃいねーんだからな！」

「な、何ぃ！」

ほとんど強引に、外野に立たされた。小森がノックを上げる。

「動けよ！　右だ、右！　右前方！」

言われて、慌てて駆けだす。が、やっぱり捕れない。行き過ぎた。

「全然違うだろ！　ちゃんとボール見てんのかよ！」

「見てるよ！　見てるけど、ボールが落ちてくるまでキャッチャーフライかホームランかも区別つかねーんだよ！」

「ちぇっ……世話のやける女だぜ」

不意に、右手をぎゅっと握られた。

「え……!?」

「じゃあ、オレがリードすっから。そうやってだんだん慣れていこ、な？」

手をつないだまま、小森に合図を送る。

次のフライが上がった。

「よし、こっちだ！　走れぇ！」

吾郎が手を引いて走りだす。

引っ張られるまま、走った。

力強くて、あったかい。手のひらが熱い。

「よーし、来たぁ！　グラブ出せ！」

ボールが落ちてくる。グラブを高く上げると、スパン、と中におさまった。

捕れた……！

「おおっ、捕った！」

「ナイス、清水さん！」

沢村と小森が声を上げる。

「ナイスキャッチ」

笑顔で、吾郎が言った。

まともに顔が見られない。いろんな気持ちがあふれてこぼれそうだ。心臓だけが、さっきからドキドキと騒いでいた。

「あ、あたし……」

「もう、意地張ってやめるなんて言うなよな……お前がいなくなったら、オレだって野球つまんなくなるじゃん」

目をそらし、照れたように言う。

「今日、お前が一人で捕れるようになるまで……オレ、この手絶対離さねーから！」

フライが上がる。

ボール目がけて、一緒に走る。

何度も、何度も。

だんだん、落ちてくる角度が分かるようになってきた。

スパン。グラブがつかむ。その音が心地いい。

やっぱり野球って楽しい。

本田と一緒にグラウンドにいると、楽しい――

「おねーちゃん、テレビ見ないのぉ？」

明日の用意をしていると、部屋のドアが開いた。弟の大河《たいが》が、顔を覗かせる。二つ年下の二年生だ。

「『おもしろ動物クイズ』終わっちゃうよ？」

「うん、もうすぐ行く」

大河は、たたんで置かれたユニフォームに目をやった。

「明日、また試合なの？」

「ああ。日本一強いチームと戦うんだぞ！」

「ウソだぁ。そんな強いとこと、おねーちゃんが試合できるわけないじゃん」

生意気に口をとがらせる。

「ウソじゃねーよ！　ここまでの試合だって、大活躍してんだからな！」

それはウソだけど……。

心の中で舌を出す。

ようやく捕れるようになってきたとは言え、そうそう何度もライトにフライが上がるわけでもない。試合時間の大半は、チームメイトの活躍をぼ～っと眺めていただけだった。

いや、でもあの時は、ちょっとはチームの助けになったかな……。

一回戦の相手、本牧リトルは、三つ子の岡村《おかむら》三兄弟を中心としたチームだった。セカンド、ショート、センターをそれぞれ守る三人がつくり出す三角形は、ブラックトライアングルと呼ばれ……というか、自分たちで勝手に名乗っていたのだが……ラインぎわの打球以外はすべてアウトに仕留めてしまうという、鉄壁の守備を誇っていた。

ドルフィンズの打球はことごとく彼らのグラブにはばまれ、唯一ホームランを打てる吾郎は全打席敬遠された。得点のチャンスをまったくつかめないまま、スコアボードには五回まで0が並んだ。

一方、吾郎も踏ん張り、本牧のバッターにまともに当てさせなかった。

しかし、吾郎のピッチングを見た岡村三兄弟は、試合を1点勝負と読んでいた。クリーンヒットは打てないながらも、フォアボール、バント、犠牲フライと小技の連続で1点をもぎ取る。

1対0で迎えた最終回。本牧の攻撃。その裏のドルフィンズの攻撃は下位打線からで、逆転の望みはかぎりなく薄かった。

終わったな……。

チームにあきらめムードがただよった。

気の抜けたような投球で、吾郎があっさり先頭打者にヒットを打たれる。

何やってんだよ、本田……！

その背中を、ライトからじれったく見つめる。

こんなとこで負けちゃっていいのかよ……でっかい夢があるんだろ！

次の打者も、鋭くバットを振り抜いた。ライナー性の打球が、ライト前へ飛んでくる。

薫はダッシュした。

落とせば2点目だ。絶対落とすもんか……！

——カァン！　金属音がして、青い空に白い点が飛んで行く。

ようやくフライ捕れるようになったんだから！　本田と一緒に、ずーっと野球やっていくんだから……！

——その白い点はぐんぐん私に近づいてきて、いつも私の五メートル前や後ろに……。

届けーっ！

グラブを伸ばし、前方へ飛び込む。

パシッ！　ボールが入った。そのまま、芝生に頭からすべり込む。

「何ぃ⁉」

ホームへ突っ込みかけていたランナーが、慌てて戻っていく。

「ボ……ボール貸せ、清水！」

薫のグラブから沢村がボールをもぎ取り、返球した。

ダブルプレー。本牧のチャンスは一瞬にして消えた。

「大丈夫か、清水⁉　しっかりしろ！」

起き上がらない薫の元へ、ナインが駆け寄ってくる。薫は顔を上げ、ジロリと吾郎の顔を睨んだ。

「しっかりするのはお前だよ！　あたし、次サヨナラホームラン打つ予定なんだから、ちゃんと頼むぜ！」

「お……おうっ！」

このプレーで、チームのムードが変わった。

吾郎は気合の投球で後続をおさえる。

さらに裏の攻撃では、ラインぎわの守備の甘さをバントで揺さぶることで満塁とし、最後は吾郎のホームランで逆転勝利した――

「ねえ、おねーちゃん。野球って面白い？」

大河が不思議そうにたずねてくる。その目は、姉の手足についたアザやバンソーコーを見つめていた。

傷のほとんどは、この一週間についたものだ。打倒、横浜リトル。誰も本気にしなかった目標は、今や現実となって目の前に迫っていた。

不安はいくらでもある。でも、傷ついたぶんはきっと力になってる。きっと。

——野球に出会えて、本当によかった。

「うん。サイコーに面白いよ！」

薫は弟に笑顔を投げた。


ドリブル……！

右へ。

と見せかけて、かかとで逆へ押し出す。

同時に左へダッシュ。

今ので一人かわした。

ボールが見づらい。夜だもんな。

土手の上の街灯。川のはるか対岸の街明かり。月の光。

グラウンドをひとりじめだ。

土の上をボールが滑る乾いた響き。走る足音。自分の息づかい。

転がる方向が変わるたび、それらの音も移動していく。

ディフェンダーのタックル。ジャンプでかわす。

左隅。狙える。

シュート！

ザンッ。ネットが揺れる。

ゴ〜〜〜〜ル！

……なーんちゃって。今のはキーパー正面だろ。

腰に手をあて、沢村涼太はしばし荒い息を整えた。立ち止まっていると、一気に汗が吹き出してくる。

久しぶりだなぁ、サッカー。

リトルの大会中は、三船サッカー少年団の練習は休んでいる。親父が文句を言ったが、そこは譲らなかった。どっちも中途半端になるのがイヤだからだ。やるからには真剣にやりたい。野球も、サッカーも。

でもやっぱ、落ちつくんだよな。

慣れているサッカーと違って、やっぱり野球の試合の前は緊張する。しかも明日の相手は、あの横浜リトルだ。

エラーするんじゃないか。三振するんじゃないか。大事な場面でヘマをするんじゃないか。

夢中でボールを蹴っていると、そういう余計な不安が頭から振り落とされていく。今夜ぐっすり眠るための儀式のようなものだ。

この間の試合は最悪だったもんなぁ……。

二回戦の相手、戸塚西リトルは、エースピッチャー宇沙美球太《うさみきゅうた》のワンマンチームだった。

先頭打者として打席に立った宇沙美は、いきなり吾郎のストレートをホームラン。いとも簡単に1点を先制した。笑顔も見せず、無表情にベースを回る様子は、まるで野球をやるためのマシーンのようだ。

その裏、マウンドへ上がった宇沙美は、さらにその精密機械ぶりを発揮した。鋭く落ちるフォークボールで、淡々と三者三振に打ち取る。

アクシデントはここで起きた。空振りした小森が転倒した際、左手首を痛めてしまったのだ。

二回の守備についてみたものの、やはり痛みがひどく捕球することができない。小森以外に、吾郎の球を捕れるものなどいなかった。

急遽《きゅうきょ》、選手の交代が告げられる。

小森はセンターへ。吾郎はキャッチャーへ。そしてマウンドには……控え投手として練習してきた沢村が上がることになった。

「あははは～っ、まっかせなさ～い！　この黄金の右腕でキリキリ舞いさせてやるぜ！」

いい気分だった。やっぱり、野球といえばピッチャーだ。それなりに練習も積んできたし、自信もあった。

警戒した顔で打席に入るバッターを見据え、大きく腕を振りかぶる。

「行くぞっ……今、伝説がはじまる！」

ドスッ！　ボールはバッターの腰へ食い込んだ。デッドボールで一塁へ。

伝説ではなく、悪夢のはじまりだった。

フォアボール。

またフォアボール。

練習では入っていたストライクが、なぜかさっぱり入らない。あっと言う間に満塁となった。

「うわあ……」

「試合がこわれる音がする……」

バックの前原たちがため息をもらす。

おっかしーなぁ……？

とにかく、押し出しだけは避けなければ。コントロールに細心の注意を払い、次の一球を投げた。

よしっ、ストライク！

カン！　ジャストミートした打球がスタンドへ飛び込む。満塁ホームランで5対0となった。

「あーあ、八番に打たれてるよ」

「5点か。終わったな……」

まだノーアウト。チームのやる気がしぼんでいく。

な、なんだよ……オレだって、打たれたくて打たれたわけじゃねーよ！

半分ヤケクソで投げる。

またもフォアボール。

打順は一巡し、宇沙美が打席へ入った。

「タ……タイム！」

自分からマウンドを降り、吾郎の元へ駆け寄った。

「あ……？　何してんだ、お前？」

「やめたやめた！　ピッチャーなんか、重労働で疲れるばっかりだ」

「何？」

「これ以上恥かきたくねーんだよ！　オレがキャッチャーやるから、交代しようぜ。速い球は捕れねえけど……お前ならコントロールいいから、遅い球でもそこそこ打ち取れるだろ？　さ、ミットよこせよ」

グラブを外し、吾郎へ差し出す。吾郎のミットが、それを払いのけた。

「やだね」

鋭い目で沢村を睨む。

「ピッチャーがダメなら、今度はキャッチャーか？　まじめに野球やる気あんのかよ、てめえ！」

沢村の手をつかみ、強引にボールを握らせる。

「がんばれよ！　勝ち負けは気にすんな！　誰にも打たれずに大きくなったピッチャーはいねえって！」

押し戻されるようにマウンドへ帰った。

くそっ、本田の言うとおりだぜ……。

自分に腹が立ってくる。

アウト一つも取れずに、ホームラン打たれて、マウンドから逃げ出して……これじゃただの負け犬じゃねーか！

カン！　宇沙美がライト線へ引っ張る。

また打たれた……⁉

吾郎が励ますように声を飛ばす。

「ドンマイドンマイ！　オレがホームラン打たれたやつをヒットなら上出来だ！」

次の打者もヒットを打つ。

再びノーアウト満塁。

「がんばれ沢村ぁ！」

薫が外野から叫ぶ。

チクショ〜、なんで全部打たれちまうんだ……やっぱ、オレの球じゃダメなのか……⁉

カァン！　センターへ大きなフライが飛ぶ。

ハッとした。

センターは小森だ。負傷した左手では、フライなど捕れるはずがない。

もうダメだ……。

あきらめかけた時、パシ、とグラブの音がした。

右手をグラブに添え、小森がしっかりと打球をつかんでいる。その顔が苦痛に歪《ゆが》んだ。

「小森……！」

痛みを振り払うように、懸命にバックホームする。突っ込んできたサードランナーの手前で、矢のようなボールが吾郎のミットへ飛び込んだ。

タッチアウト。

ア然と立ち尽くす沢村に、吾郎がニッ、と笑顔を見せた。

「な？　がんばってりゃバックも応えてくれるんだよ」

へっ……そういうことかよ。

ぐい、と帽子のつばを下げる。

小森なりに、自分がケガをしてしまった責任を感じているのだろう。

あんな手で無理しやがって……。

どんな状況でも、自分にできる最善を尽くす。理由は簡単だ。仲間だから。

――本田のグローブがそんなに大事かよぉ！　なんでてめーがそこまで必死になってんだ！

――仲間だからだ！

かつて、自分に投げられた言葉。今はその仲間の輪の中に自分がいる。

そうだよな……ピッチャーはじめて一ヵ月のやつが、カッコつけたってしょうがねーだろ！

吾郎のように三振が取れなくたっていい。今はみんなの力を借りて、一つずつアウトにしていけばいい。カッコ悪くたって、ワンナウトはワンナウトだ。

開き直ると、肝が座った。少しずつ、ストライクも入るようになってくる。何度かランナーは出しながらも、要所でバックに助けられ、沢村はその後最終回まで得点を与えなかった。

一方、宇沙美のほうもまったく隙は見せない。キレのあるフォークは吾郎のバットでさえかすることも許さず、一人のランナーも出さないまま最終回ワンナウト。完全試合達成の快挙まで、あと二人と迫っていた。

沢村に打順が回る。

くそぉ、なんとかしねーと……。

二回に失った4点が背中にのしかかる。せめて反撃のきっかけを作らなければ。

ヒントはあった。前の打席、鶴田が試みたバント。鋭いフォークの落差に空振りに終わったが、とにかくバットに当てるという発想は間違っていないはずだ。

フォークは縦に変化するボール。そんならイチかバチか……。

宇沙美が振りかぶり、投げる。

飛んでくるコースに合わせ、バットを立てて待ち構えた。

必殺、タテバントだ……!

コン、とボールがバットに当たり、転がる。全力で一塁へダッシュした。

拾って投げようとした宇沙美の手の中で、ボールがもつれる。一瞬送球が遅れた。

「セーフ!」

やった……!

完全試合は途切れた。ベンチで歓声が上がる。

ほぼ手に入れかけていた記録が泡と消え、宇沙美は意外なほど動揺した。精密機械は、正確であるがゆえに一度崩れだすと歯止めがきかないものらしい。

フォアボールを連発し、ズルズルとランナーをためる。途切れた緊張感は疲れを倍加させ、フォークが甘く入ってくる。小森はそれを逃さず、負傷した手で振り抜いた。走者一掃のタイムリーで1点差。さらに吾郎がツーランホームランをたたき込み、サヨナラ勝ちをつかみ取った。

野球は何が起こるか分からない。その怖さを、まざまざと目にした試合でもあった。

そうだ。明日の試合だって……。

相手は日本一の横浜リトル。その真の実力は未知数だ。どれほど厳しい戦いになるか、想像もつかない。

でも、それは向こうだって一緒だぜ！

この一週間、練習した。日本一のチームに本気で勝つために練習してきた。より多く走ったほうが勝つ。これは、サッカーから学んだ鉄則だ。

明日の試合、何があっても絶対逃げねーぞ！

ネットにからんだボールを爪先《つまさき》で蹴りだすと、沢村は反対のゴールへ向かって再びドリブルを開始した。

ぼくなんてもう、野球やめたほうがいいんだ……。

この一週間、小森は何度そう思ったことだろう。グラブを磨く手を止めて、じっと眺める。

分厚い包帯に覆われた左手。白いミットをはめたみたいに見えるのが皮肉だ。明日は念願の横浜リトル戦だというのに、チームにこんな迷惑をかけることになるとは……。

ケガをしたのは、確かに自分の不注意だった。あのフォークを打つには、落ちる前に叩くしかない。そう考え、スタンスを打席の前ギリギリに取った。が、結果は空振り。落下の角度は思った以上に鋭かった。勢い余ってバランスを崩し、手首から落ちる。グキッと音がして痛みが走った。

だが、その時はまだそんなに大ごとになるとは思わなかったのだ。

守備へつくためマスクとプロテクターをつける間に、痛みはズキズキと激しさを増した。一球目を受けた時、電流のような衝撃が走り、思わずボールを落とした。

バッテリー交代。練習をはじめて間もない沢村のピッチングが通用するわけもなく、チームは重いビハインドを背負うことになった。

ぼくのせいだ……。

責任を感じた。キャッチャーができないなら、せめて自分に出来る精一杯のことをやろう。痛みをこらえ、フライを捕った。最終回にはタイムリーも打った。

が……それがまずかったらしい。

試合の後、安藤に連れられて病院へ行った。医者は小森の手首を包帯でグルグルと固定し、言い渡した。

全治一ヵ月。その間、ボールはもちろん、茶碗《ちゃわん》を持つことも禁止だよ。

話を聞いた吾郎は、ショックで固まった。薫と沢村も同じように固まった。

「ハハ……一回戦コールド負け決定〜」

沢村の言葉に、誰も笑わなかった。

放課後、吾郎は緊急にドルフィンズのメンバーをグラウンドに召集した。

「実は、小森のケガがひどくてさ。キャッチャーは無理そうなんだよ」

「な、なんだと〜!?」

「マジかよ!?」

前原たちがうろたえた声を出す。

「だから、大至急テストして新しいキャッチャーを決めなきゃいけねーんだ。一人ずつ、マスクとプロテクターつけてオレの球を捕ってもらうかんな！」

五人の五年生の顔色がいっせいに変わった。吾郎の速球の恐ろしさは、全員が打撃練習で味わっている。

みんなが同じ動きできびすを返す。

「オレ、ちょっと頭痛が……」

「オレ、ばあちゃんの法事で……」

「オレもじいちゃんがそろそろ……」

「ウソつけー！」

吾郎が強引に引き止め、ミットを前原の胸に押しつけた。

「一人ずつ順番だぞ！　一番センスのあるやつにやってもらうからな！」

マウンドへ向かう吾郎に抗議の声が飛ぶ。

「な、なんだよ！　こないだみたいに沢村が投げてお前が捕りゃいいじゃねーか！」

「沢村の球で横浜リトルの強力打線をおさえられるわけねーだろ！」

振り返り、吾郎が言い返す。ハハハ、と沢村が乾いた声で笑った。

「じゃあ、沢村に捕らせろよ！　お前らクラスメイトだろ！」

「沢村はセンターだ！　小森は右手しか使えないから、ライトに置くしかない。となると、手薄な外野をまかせられんのは足のある沢村しかいねーんだよ！」

あっさりと、抗議のネタは尽きた。

前原がしぶしぶプロテクターをつけて座る。

「お、おい、オレたちキャッチャーなんて初めてなんだからな。まずは軽めに……」

無視して、吾郎は全力で投げた。ボールがうなりを上げて迫る。

「う、うわぁ……!?」

前原が――

「だああ……!?」

「ひいっ……!?」

「うひょお……!?」

「しえぇ……!?」

夏目が、田辺が、長谷川が、鶴田が——次々と守備位置から逃亡した。

「コノヤロ〜……やる気あんのかよ、どいつもこいつも！　オレの球捕れるやつがいなきゃ、横浜には勝てっこねーんだぞ！」

ぽかん、と前原たちが見る。

「あ……アハハハ、何言ってんだよ！　どっちにしたってウチがあそこに勝てるわけねーだろ！」

「そーそー。どうせ勝てねーんだから……」

「沢村でいいよ、ピッチャーは」

「捕れないもんは捕れないし」

「帰ろ帰ろ」

「て、てめえら……！」

吾郎が五人ともめはじめるのを、小森は暗い表情で眺めた。

ううっ、ぼくがケガなんかしなきゃ……。

いいムードで来ていたと思う。一回戦、二回戦と手ごわい相手に逆転勝ちで進んできた。勝てないまでも、横浜リトルと真剣に戦ってみようという姿勢は生まれかけていたはずなのだ。

これでまたみんながやる気をなくしたら……そう思うと、いても立ってもいられない。

「ほっとけほっとけ、やる気のねーやつらは！」

思わぬところから声がかかった。

見ると、いつの間にか薫がプロテクターをつけている。マスクを手に立ち上がると、薫は言った。

「よし、準備オッケー！　外野って退屈でさ。一度こういう忙しいポジションやってみたかったんだよ！」

呆れたような視線が、薫に集中する。

「分かった分かった。気持ちだけで充分だから、やめとけって」

「な、なんでだよ！　やってやるって言ってんだろ！」

「外野フライもまともに捕れねーのに、オレの球が捕れると思ってんのかよ！」

「そんなの分かんないだろ！　お前の球なんて、ちっとも怖くねーんだよ！」

薫は一歩も引かない。

「まぁ、やってやれよ。一球受けてみりゃ、あきらめるだろ」

沢村に言われ、吾郎がしぶしぶマウンドへ向かう。

「ったく……ケガしても知らねーぞ！」

「よーし、どっからでもかかって来い！」

格闘家のように叫んで、薫がミットを構える。

振りかぶり、吾郎は投げた。

ゴンッ……。ボールはミットをはじき飛ばし、キャッチャーマスクに激突した。のけぞった薫の顔から、マスクがはがれて飛ぶ。みんなが慌てて駆け寄る。

薫は顔を手で覆い、うずくまった。

「清水……⁉　大丈夫か⁉」

「だから無理だって言っただろ！」

むくっ、と薫が起き上がった。

「……平気。無理でもやる……だってあたし、本田が横浜リトルおさえるとこ見たいんだもん……！」

みんなを見上げる。その表情は真剣だった。

「せっかくここまでみんなで勝ってきたのに、次の相手が超強いからって、何もしないで負けるなんて……あたしはやだもん！」

ハッとしたように、みんな押し黙った。吾郎がじっと薫を見つめる。

「……よーし、決まった。キャッチャーは清水！　日曜の試合までに、必ずオレの球を捕れるように特訓だ！」

次の日から、薫のキャッチャー特訓がはじまった。

吾郎が全力で投げ込むストレートに、ひたすらミットを合わせる。捕りそこねてはじいたボールが、薫の手足にいくつものアザを作っていく。

ただ捕れるだけでは意味がない。打席でバットを振られても動揺せずに捕球し、次の動作へ移れなければならない。

バッター役として、沢村が打席へ入った。初めは傍観していた五年生たちも、やがて練習に加わり、沢村と交代で打席に立った。吾郎の球に合わせてバットを振ることで、思いがけず打撃技術の向上にも役立った。

小森はつねに薫の背後に立ち、細かくアドバイスを送った。

ぼくはバットを振れない。ならせめて、自分が身につけたすべてを清水さんに伝えよう。ぼくがチームに協力できることは、それぐらいしかないんだ……！

最初はまったくボールについていけなかった薫も、日を追うにつれて少しずつ慣れ、上達していった。十球に一度から五球に一度、三球に一度へ……徐々に、捕れる球の割合が増えていく。

決戦を前に、新しいバッテリーが誕生しようとしていた――

「いいなぁ……」

部屋で一人、グラブを布で磨きながら、ぽつりと本音がもれる。

明日はこのグラブをはめて試合に臨むことになる。愛用のミットは薫に貸したままだ。

吾郎とバッテリーを組めたことが嬉しかった。日本一のチームに、真っ向勝負を挑める吾郎のボール。ミットを食い破ろうと飛び込んでくる、あの小さな白い猛獣のようなボールを、この手で受け止める瞬間。あれこそ、キャッチャーにしか味わえない幸福の時だ。

大事な決戦の日、自分はあの球を捕れない。それどころか、フライを捕ることも、バットを振ることも許されない。

それでも……。

小森はグラブを磨き続ける。

捕れないなら、打球を体で止めればいい。打てないなら、バントで転がして何度でも全力で一塁へ走ればいい。できることをやる。ぼくだって、九人目の選手なんだ！

決意の目を、窓の外へ投げる。暗い窓ガラスにチームメイトの顔が浮かび、微笑んだような気がした。


「バッカじゃねーの。あの横浜リトルに、オレたちが勝てるわけねーんだよ」

携帯ゲーム機のボタンを連打しながら、前原あつしはつぶやいた。

小さな画面の中で、タコのようなキャラクターがコミカルに動く。グラフィックで描かれた岩の陰からサメが現れ、タコの頭にかぶりついた。ピロリロリ〜、とゲームオーバーの音楽が鳴る。

ほーら、な。タコがサメに逆らったって、はじまんねーよ……。

本田吾郎がやって来るまでの三船ドルフィンズは平和だった。週に一度集まって、バカ話をしながらテキトーに野球遊びをしてればよかった。練習が面倒になったら、サボればいい。「ドルフィンズやめよっかな〜」と言えば、監督はなんでも許してくれた。

夏目も、田辺も、長谷川も、鶴田も、そんなのんびりとした野球ごっこを楽しんでいたはずだ。

それが、どうしたというのだろう。吾郎が入団してから、チームの様子が一変した。野球バカの吾郎に引きずられるように、みんながマジメに練習に取り組むようになった。クラスメイトの小森、沢村、薫はまだ分かるとして、夏目や田辺や長谷川や鶴田までが、ぶつくさ言いながらも地味な練習に付き合っている。

挙げ句の果てに、吾郎はとんでもないことを言いだした。

横浜リトルを倒す。そのために合宿をやる。

アホか、こいつは……と思った。

確かに、吾郎は野球の天才だ。それは認める。恐ろしく速い球。信じられない打撃センス。最初は偉そうな態度にムカついたが、商店街の大人たちがクルクルと三振するのを見てるのはいい気分だった。吾郎がいれば、その辺のチームには負けないだろうし、負けるよりは勝ったほうが気持ちいいに決まってる。

しかし、それはあくまでも、自分たち一般ピープルのレベルでの話だ。

勝てっこねーだろ。もしかお前が全国レベルだったとしても、あっちはチーム全員が全国レベルなんだぞ……！

やっぱり本田にはついていけねーや、今までどおりのんびりやろーぜ……ということになる。そう信じていた。

しかし。

「吾郎君の言うように、私も全国進出を目指そうと思う！」

合宿で、監督が言いだした時には耳を疑った。あのしょぼくれていた監督が、まさかあんな無茶な目標を真に受けるなんて……。

炎天下のマラソンがスタートした。

冗談じゃねーぞぉ……！

走りはじめて五分。前原は足を止め、座り込んだ。

「あーあ、バカバカしい！　何が全国だよ！　勝手にやってくれってんだ！」

夏目たちが怪訝そうに振り返る。

「ま、前原……？」

「行きたいやつは行けよ！　オレはこんなのやってらんねー。今度来たバスに乗って、宿舎へ帰るぞ！」

「で、でも、バスで帰ったらチームをやめなきゃいけないんだぞ!?　それでいいのかよ！」

「こんなハードな練習がこれからも続くんなら、オレはリトルなんかやってられねーよ。本田に合わせてオレたちが日本一目指したって、無理に決まってんだろ！」

「そ、そりゃまあ……」

「オレもバスで帰ろっかな……」

「みんなで帰れば、監督だってクビにできねーよな……」

夏目たちが真剣に相談をはじめる。

みろ。みんなオレとおんなじ思いだったんだ。

みんなで次のバスに乗ろう、と話がまとまりかけた時、最後尾の薫が走ってきた。

「おい清水、お前も一緒にバスに乗って帰ろうぜ」

立ち上がり、声をかける。

「え……？」

「お前だって、日本一なんてバカらしいと思うだろ？　みんなで一緒にボイコットしようぜ！」

薫はしばし、前原を見つめた。やがて目をそらし、また走り出す。

「お、おい、本気かよ？　二十キロなんて、お前が走れるわけねーだろ！」

「そんなもん、やってみなきゃ分かんないだろ！　早々とくだらねー相談して、お前らそれでも男かよ！」

キッ、と振り返ると、あとは脇目もふらず走っていく。その姿が次第に遠ざかった。

取り残され、夏目たちはしばしうつむいた。

あの清水ががんばってんのに……。

止まっていた足が、再び動きだす。

「オレ、やっぱ行くわ……」

「オレも……」

「もうちょっとだけ……」

「行けるとこまで行ってみっか……」

一人、また一人と薫の後を追い、走り出した。

「な……なんだよ、裏切りモノぉ！　オレは絶対次のバスで帰るからな！」

走り去る四人の背中に叫ぶ。

――やってみなきゃ分かんないだろ！

バカ言うなよ。やんなくたって分かるよ。無理なもんは無理なんだ。分かってるのに……なんでオレ、また走ってんだ⁉

気がつくと、みんなの後を追って駆けだしていた。

くそぉ、次のバス停までだかんな……！

長いだらだら坂が、頂上まで続いていた。暑いし、横腹も痛い。靴の中の足は濡れゾーキンみたいに重かった。

折り返して下ってきた吾郎と沢村とすれ違う。

あいつら、ずいぶん先を走ってんだな……。

ふくらはぎがパンパンだ。右足の足首が、だんだんひどく痛みはじめた。

小森、夏目、田辺、長谷川、鶴田……頂上で折り返してきた仲間たちが、次々と通り過ぎていく。

ようやく頂上だ。道はまだ半分。体力はとっくに限界を越えている。自分がなぜ走り続けているのか不思議だった。

くだりに入ると、一歩ごとに膝がガクガクと笑った。

どれくらい走っただろう。少し日が傾いてきた頃、前を走る薫に追いついた。どこかで痛めたのか、左足を引きずっている。

しばし横に並んで走った。

「……だから……言っただろ、無理だって……もうあきらめろよ……」

薫に話しかける。息が切れ、うまくしゃべれない。同じく途切れ途切れに、薫が言い返した。

「……やだよ……あんたはバスで……帰ればいいだろ……」

「……一人だけなんて……カッコわりぃじゃねーか……」

「……だったら……黙って走れば？」

ちぇっ。オレよりへばってるクセに、この意地っ張り女！　オレより……へばってんのに、がんばるよなぁ……。

「……なら、肩貸せよ……お前も足、いてーんだろ？」

痛めた足を支え合うと、少し楽になった。やがて宿舎の屋根が見えてくる。

グラウンドに入ると、どっと倒れ込んだ。

ハハ……オレってすげーや。二十キロ完走しちゃったよ……！

——やってみなきゃ分かんないだろ！

……ふん。うるせーな。

結果的に、このマラソンがいけなかった。これからは真剣に野球をやると、認めた形になってしまった。

吾郎の熱意に引っ張られるように、ドルフィンズは大会を勝ち進んだ。

そして、いよいよ横浜リトル戦。しかも、小森が負傷でキャッチャーをやれないと言う。目を覚ますいい機会だと思った。野球モードの毎日もこれで終わりだ。

「吉田屋《よしだや》にワイルドファイターⅦ入ったんだってよ。やりに行こうぜ！」

同じ学校の夏目と田辺を誘い、ゲームセンターへ繰り出す。久々のゲームを存分に楽しんだが、夏目と田辺はなんだかノリが悪かった。

「なあ……清水にキャッチャー押しつけといて、オレたちだけ遊んでていいのかな？」

「ああ……」

「いいんだよ、あいつら好きでやってんだから！　横浜リトル相手に悪あがきしたって、しょうがねーだろ！」

ムキになって言い返す。練習が休みの日まで野球づけになってたまるもんか！

店の前で自転車が止まった。長谷川と鶴田だ。前原たちを探していたらしい。

「うちの学校に横浜リトルのやつがいてさ。聞いたんだ。今日あいつら、練習試合やるんだって」

「だから、偵察しに行ったらどうかと思って」

それを聞いて、夏目と田辺がホッとしたように応じる。

「よし、行こう！」

「オレたちもそれぐらいしないとな！」

偵察～？　今さらそんなことして何になるってんだ……⁉

一人でゲームをしててもつまらないので、しぶしぶついて行った。

ナイター設備のある広いグラウンドで、練習試合は行われていた。予想どおり、横浜リトルが圧倒的に押している。

「なあ、相手の選手、小学生にしてはデカくないか……？」

スコアボードを見ると、『文化台中《ぶんかだい》』と書かれている。

「ちゅ、中学生～⁉」

12対3。大量点差をつけて、横浜リトルが勝利した。

帰り道。誰もが無言だった。

「……ハハハ、バカだね～。ブルーになるために行ったようなもんじゃん」

前原の言葉に、夏目たちがキッと睨む。

「うるせーな。力の差があることが、そんなにおかしいかよ」

「なあ、本田たちの練習見に行かねーか？」

「うん。今日の偵察の内容も伝えないと」

グラウンドに向かって、駆けだしていく。

お、おいおい……！　なにマジになってんだよ!?　相手の実力見ただろ!?　こっちはキャッチャーもいないんだぞ！　だいたい、一週間やそこらで清水が本田の球を捕れるわけが……。

パァン！　土手に着いた途端、ミットの音が響いた。

「やったな、清水！」

「ナイスキャッチ、清水さん！」

沢村と小森が喜びの声を上げる。

「よし、もう一球行くぞ！」

「おう！」

吾郎が振りかぶる。四人とも汗まみれだ。

「捕った……」

「たった一日で……」

土手の上に立ち、呆然とグラウンドを見つめた。ぽつりと、夏目がつぶやく。

「……オレ、沢村と交代してくる。せっかく本田が投げてんなら、バッティング練習したほうがいいもんな」

鶴田が、田辺が、長谷川がうなずく。

「オレも……」

「オレもだ」

「じゃあ、交代で守備につこうぜ。守備練習にもなるしな」

一人、また一人と土手を下りていく。

取り残され、前原は土手に立ち尽くした。

あーあ、ダメだこりゃ……。

あきらめのため息をつく。

本田の野球バカが、みんなに伝染しちまった。もう、何言ってもムダだな……。

その日から毎日、放課後はグラウンドに集まった。キャッチャー特訓と、バッティング練習に守備練習。それが終わるとバッティングセンターへ行き、カーブ打ちの特訓。偵察で見てきた、横浜リトルのエースのカーブを攻略するための練習だった。

何度もマメができ、何度もつぶれた。手も、体も、ユニフォームもボロボロになった。そのボロボロの姿のまま、ドルフィンズは明日の決戦を迎える。

勝てっこねーのに、ほんとバカだよな……オレって。

ゲーム機を縁側に置き、立てかけてあったバットを持つ。

休憩終わり。夕食まで、素振りあと百本。

練習も、やる気も根性も大嫌いだ。だから、あとで思いっきり遊んでやる。日本一になったら、もう誰にも文句は言わせねーぞ！

バットが風を切る音が、余計な考えを吹き飛ばしていく。やがて、前原は完全に素振りに集中した。

17安打で12点か……あまり効率のいい点の取り方じゃないな。

スコアブックを見ながら、寿也は心の中でつぶやいた。

頭の中で、先日の試合を再現する。ＯＢの紹介で実現した、文化台中学との練習試合だ。

中学生の投手が相手だったせいか、長打が少なくシングルヒットが多かった。大量点差で勝ったものの、残塁も多く、雑な攻撃も各所にあったと思う。

こんな試合をしてたら、接戦になった時に足元をすくわれるかもしれないぞ……。

試合の組み立てを勉強するため、時々スコアブックを借りてきて目を通すようにしている。横浜リトルは実力主義だ。バッティングではまだまだ先輩たちに及ばないが、リードでセンスを発揮できれば、たとえ四年生でも出場機会は巡ってくるはずだ。

できれば、明日の試合で出られるといいんだけど……。

――オレ、ドルフィンズを強くして、きっと横浜リトルに挑戦してみせるからさ！

吾郎は約束を果してくれた。あの本田吾郎と戦えるせっかくの機会を、ベンチで終わってしまうのは残念だ。

五歳の時に吾郎と出会わなかったら、きっと野球をしてはいなかっただろう。母は勉強に比べたらスポーツなんて二の次という方針だったし、寿也自身も体を動かすことにあまり興味がなかった。

ある時、見知らぬ男の子に強引にキャッチボールに連れ出された。最初はこわごわだったが、その日が終わるころには、すっかり野球の魅力に取りつかれていた。

もっとうまくなりたい。速いボールを投げたい。遠くまで打てるようになりたい。野球にのめり込むにつれ、その世界を教えてくれた吾郎という少年が、どんなにすごい才能を持っているかが分かった。

いつか、吾郎君みたいになれたらいいのになぁ……。

幼い寿也にとって、吾郎はあこがれであり、目標だった。

吾郎が三船町へ引っ越してしまってからも、練習は続けていた。小学校へ入ってからも、友達を誘って野球遊びに熱中した。ポジションはいつもキャッチャーを選んだ。吾郎の球を捕れた時の嬉しさを、忘れられなかったからだ。

勉強もしっかりやった。成績が落ちたりしたら、母はきっと野球をやめろと言いだすに違いない。堂々と野球を続けるため、つねにクラスでトップの成績をキープした。その甲斐《かい》あってか、四年生でリトルに入りたいと寿也が言った時、母は特に反対もせず許してくれた。

吾郎と再会した時には、本当に驚いた。また一緒に野球ができるかも。膨らみかけた希望は、残念ながらかなわなかった。

名門の横浜リトルを蹴って、なぜ弱小の三船に……あの時は正直疑問だったが、今なら吾郎の選択も理解できる。

選手層の厚いチームでレギュラーを勝ち取るのに四苦八苦するより、弱小チームでも、つねに中心選手として試合に出場したほうが、より実戦的な経験を積むことができるだろう。

ただし、それは本当に強いチームと当たるまでの話だ。

三船リトルは本田吾郎のワンマンチームだ。吾郎の実力がいかに飛び抜けていても、それだけで勝ち進んでいけるほど神奈川大会は……いや、横浜リトルは甘くない。

明日の試合、いい勝負になるといいけど……そうもいかないだろうなぁ。

客観的に見ても、横浜リトルの戦力は完璧としか言いようがない。

四番の真島は、間違いなくリトルリーグ最強のスラッガーだ。正確さと長打力をあわせ持つしなやかなバッティングは、通算打率六割という輝かしい数字を残している。

エースの左投手、江角のカーブは、一度の対戦ぐらいではかすることもできないだろう。春の大会から続く三十イニング無失点の記録は、今も更新中だ。

駿足《しゅんそく》好打の一番バッター伊達《だて》、バントの名手村井《むらい》、不動のクリーンナップを打つ羽《は》生《ぶ》、正捕手の後藤《ごとう》……多彩な個性を持つレギュラー野手陣は、全国どこのチームにも引けをとらない破壊力を秘めている。

控えの投手陣も、五年生の本格派右腕菊地《きくち》をはじめ、他のチームならエース級の実力者揃いだ。

そして、この夏チームに加わったばかりの新人投手、川瀬涼子。本場アメリカのリトルリーグからやって来た帰国子女の彼女は、新人同士ということで主に寿也とバッテリーを組んで練習してきた。威力あるストレートと、手元でわずかに変化するムービングファストボール。投手としての総合力は、エースの江角をしのぐかも知れないというのが、彼女の球を受けてきた寿也の感想だ。

この最高のチームに、吾郎一人の力でたち打ちできるはずがない。普通ならそう判断するだろう。

だけど……と寿也は考える。

キャッチャーは、どんな場合でも冷静でなければならない。目に見えないわずかなほころびも見逃さず、最悪のケースを想定しておくことが必要なのだ。

逆の立場になって分析すれば……横浜リトルには、少なくとも不安要素が二つある。

一つは、百パーセント勝てると誰もが思っていることだ。自信はやがて慢心となり、油断を生む。格下の相手だとナメてかかっていると、思わぬところで足をすくわれるかもしれない。

もう一つは、本田吾郎が持つ未知の潜在能力だ。プロ野球選手の父から受け継いだ、天性の野球センス。ギリギリに追い込まれた時、それがどんな形で開花するか予想がつかない。

とにかく、油断は禁物だ。

スコアブックを閉じ、立ち上がった。棚に置かれていたミットを取り、手にはめてみる。

明日の試合にもし出られたら、ぼくは絶対に手をゆるめない。全力で三船ドルフィンズを……本田吾郎を叩きつぶす。それが、吾郎君に野球を教わったぼくの、精一杯の友情なんだ……！

拳を固め、バン！　と力強くミットを叩く。いつもは優しい寿也の目が、ギラリと闘志に燃えた。


穏やかな秋の陽射《ひざ》しが、人工芝に降り注いでいた。

ベンチの前に立ち、吾郎はじっと無人のグラウンドを見つめる。

オーシャンスタジアム――

おとさんとの思い出は、いつもここだったな……。

打者転向初打席でのホームラン。誕生日翌日のキャッチボール。運命の死球……すべての思い出は、しっかりと胸の中に刻んである。

向かいの三塁側ベンチに、横浜リトルの選手たちが現れた。どれもこれも不敵な面構えだ。

最高だよ、おとさん……この場所で、日本一の横浜リトルとやれるんだ！

合宿で見た横浜リトルは、やっぱり最強だった。切れ目のまったくない強力打線。エースの投げる鋭いカーブ。日本一の名に恥じない、すごいチームだと思った。

そして、途中からマウンドに上がったあの女の子……。

目を見張った。彼女のピッチングから、目が離せなかった。

あのフォームは……ギブソンだ！

体を折り曲げるような、独特のピッチングフォーム。驚いたことに、女の子はあのギブソンそっくりのフォームで投げ、凡打の山を築いた。

彼女はアメリカのリトルリーグにいたと言う。おそらくギブソンにあこがれ、野球を続けてきたのに違いない。

——See　you　again
運命を感じた。あのオールスターゲームでの約束が、リトルリーグで実現するのだと思った。

負けねーぞ……横浜リトルにも、ギブソンにも！

相手ベンチの寿也と目が合う。

来たよ、寿君。今日は全力でぶつかるから、楽しい試合にしような！

整列の声がかかった。

「よーし、みんな！　最っ高の一日にしよーぜ！」

「おうっ！」

九人が一つの固まりになって、ベンチから飛び出した。

みんなで一緒に

『9』――

試合がはじまって三つめのアウトが宣言された時、その数字は取り返しのつかない重みをもってスコアボードの上段に表示されていた。

そんな……。

ベンチの中、桃子は呆然と立ち尽くす。

吾郎が、そして八人の子供たちが疲れ切った表情で戻ってくる。さっきはあんなに元気に飛び出していったのに……。

試合開始直後の一回表、日本一の強力打線が牙をむいてマウンドの吾郎に襲いかかった。

初めての大球場での試合。最初は選手たちに硬さもあったと思う。バント処理をした送球がそれ、打ち取った当たりをトンネルもした。ランナーがたまったところで、四番打者が満塁ホームラン。その後も打線は容赦なく連打を続け、細かく得点を重ねていった。

いきなり9点なんて……。

吾郎はベンチに座り、頭を深くたれたまま動かない。荒い呼吸で背中が上下している。

他の選手たちも固い表情で押し黙り、誰ひとり口を開こうとしない。

こんな時、なんて声をかけてあげたらいいの……？

無力感が桃子を締めつける。

本来なら、今ごろスタンドで試合を眺めているはずだった。球場前で茂野と待ち合わせ、内野スタンドへ入った。

シーズン中にもかかわらず、茂野は一回戦から吾郎の試合を見に来てくれていた。試合の後は安藤と一緒に子供たちを連れ出し、レストランで祝勝会を開いてくれたりもした。吾郎たちを明るく励まし、時には技術面でアドバイスもしてくれる茂野の存在は、桃子にはありがたかった。

場内アナウンスが聞こえたのは、座って間もなくのことだ。

「星野桃子様。至急、一塁側ベンチ裏までお越しください」

「えっ、あたし……!?」

訳が分からないまま、茂野とベンチ裏へ急いだ。ユニフォーム姿の吾郎たちが、大会運営委員の大人と一緒に待っていた。

「監督が急にギックリ腰とかいうのになっちゃってさぁ。今日一日、絶対安静で寝てなきゃいけないんだって」

「ええっ⁉」

「誰か一人は大人がベンチにいないとまずいみたいなんだ。かーさん、監督やってくんない？　座ってるだけでいいからさ」

あまりにも突然の話だった。野球のルールも知らないのに、監督なんて……。茂野に頼めないかと思ったが、プロ選手がリトルリーグのようなアマチュアチームの監督やコーチをすることは、規定で禁じられているらしい。

とにかく、このままでは試合を棄権するしかなくなってしまう。吾郎にも頼み込まれ、桃子はしぶしぶ承知した。余っていた子供用のユニフォームになんとか袖を通し、ベンチに入ったのだが……。

やっぱり、あたしなんかじゃ何の力にもなれない……！

カン！　一番打者の沢村が打ち上げた。力のない打球を、セカンドの村井が軽々と捕球する。

「くそっ……！」

沢村が悔しそうに戻ってくる。

「おっ、いきなり江角のカーブをバットに当てたぜ」

「やるじゃん。立派立派」

横浜リトルの選手たちが、余裕の表情で話すのが聞こえた。

ガッ！　次の長谷川の打球は、ピッチャー正面のゴロになった。

軽くグラブですくい捕りながら、江角がボヤく。

「おいおい、気に入らねーな。三振取りにいってんのに」

一塁へ送球。塁審がアウトを宣告したが、長谷川は懸命に滑り込む。ファーストの羽生が、苦笑しながらそれを見下ろした。

「あのねぇ、アウトって言ってんじゃん。やめてくんないかな、そういうの。こんな展開だと、こっちだって心が痛むんだからさ」

肩を落として戻ってくる長谷川に、桃子は精一杯明るく声をかけた。

「ナイスファイト！」

長谷川はニコリともしない。代わって三番の前原が、硬い表情で打席へ向かった。

どうしよう⁉　やっぱり力の差がありすぎるのかしら……。

楽勝ムードの相手に対し、ユニフォームもボロボロで傷だらけのドルフィンズナインは、やけにみすぼらしく見える。

バン！　前原が空振りした。バランスを崩し、ヨタヨタとよろける。

そうよね……向こうは日本一強いチームなんだもの。いきなり9点も取られて、戦意をなくしたって仕方が……。

「力むな、前原！」

すぐ横から声が飛んだ。

沢村が、打席の前原に叫んだのだ。続いて長谷川も身を乗り出す。二人の目は真剣だった。

「バッティングセンターのカーブほど来てないぞ！　充分引きつけて、おっつけろ！」

えっ……？

前原が、引き締まった顔でうなずく。

不愉快そうに、江角が振りかぶった。

「ふざけやがって……おっつけて打てだぁ？　お前らにそんな芸当できんのかよ！」

鋭いカーブが来る。

充分に引きつけ、前原はバットを叩きつけた。

カン……！　打球はライト前にはずんだ。ヒットだ。

「よぉし！」

「ナイスバッティン！」

初めて、ベンチに笑顔があふれた。

ファーストへ達した前原が、ガッツポーズで仲間の声に応える。

やだ……この子たち……。

桃子の顔も自然とほころぶ。

全然あきらめてないじゃない……！

子供たちは、すぐに顔を引き締めた。挑むようにグラウンドを見つめる。

「よーし、こっからだ！」

「どんどん続けよ！」

励ます必要なんてなかった。相手が強いことは、初めから分かっていたのだ。何点取られようと、ただひたすら勝利を目指す。みんなのまっすぐな目が、桃子にそう告げていた。

「四番、ピッチャー本田君」

アナウンスの声に、ハッと見る。

さっきまでベンチでうなだれていた吾郎が、ヘルメットをかぶって歩きだした。

薫がその背中に声を投げる。

「頼むぞ、本田！　このままじゃ悔しくて眠れねーよ！」

振り返った吾郎の顔には、うっすらと不敵な笑みが浮かんでいた。

「ああ。オレはこのままじゃ、一生眠れそうもねぇからな！」

よかった。吾郎も……！

あきらめなければ、歩きだせる。きっとチャンスがやって来る。

「がんばって、吾郎！」

立ち上がり、桃子は叫んだ。

カンッ……！　打球はレフトの頭上を越え、ダイレクトにフェンスにぶつかった。

長打コースだ。

「よっしゃーっ！」

「回れぇ！」

レフトの坂上がはね返ったボールを拾い、素早く内野へ投げ返す。

前原は楽々サードへ滑り込んだ。打った吾郎も二塁へ。

ツーアウト二塁三塁。ランナーが得点圏へ進んだ。

「やったやった！」

はしゃぐ子供たちに混じり、桃子も思わず飛び上がる。

監督らしいことはできないけど、一緒に喜ぶことはできるんだからね……！

セカンドベースの上から、吾郎が明るく声を飛ばした。

「頼むぞ、夏目！　絶対ランナー返せよ！」


よぉし……！

夏目はしっかりとバットを握りなおし、打席へ入った。スコアボードが目に入る。

9点か。やっぱすげーな、横浜リトルは。

これまでの相手にはほとんどかすることも許さなかった吾郎のボールを、あれほど簡単に連打するなんてオドロキだ。

1点ずつでいい。確実に返していくんだ。ランナーを返すのは、クリーンナップの仕事だろ！

一回戦から、ずっと五番を打ってきた。でも、打点はゼロ。それどころか、ヒット一本すら打てていない。ここまでの試合は、三番小森と四番本田のバットで勝ってきたようなものだ。

——長谷川は足があるから一番。前原はバントが得意なんだっけ？　じゃあ、二番な。初心者の沢村と清水はとりあえず八番九番だ。残りは五、六、七か。じゃ、夏目と田辺と鶴田でジャンケンしろよ。

大会がはじまる前、吾郎に言われて三人でジャンケンをした。勝った順に五番、六番、七番。決してバッティングを買われてクリーンナップの一角をまかされたわけではない。誰も自分のバットに、期待なんかしていないかもしれない。

でも……オレだって練習したんだ！

練習は元々、嫌いじゃなかった。思いきり汗を流すと気持ちいいし、ちょっとずつでもうまくなればやっぱり嬉しい。でも、そのことを誰にも言い出せなかった。前原たちがサボりはじめると、一緒に遊びに加わった。なんとなく、真剣に練習することがカッコ悪い気がしたからだ。

真面目に練習したってしょうがないよな。どーせオレなんか、たいした選手じゃないんだし……。

スパン……！　膝元に食い込んだカーブに、バットが空を切った。ワンストライク。

マウンドの江角がニヤリと笑う。

ほんとだ。バッティングセンターのカーブのほうが、ずっと鋭かったぜ……！

三船町のバッティングセンターへは、この一週間毎日通った。フロントのおじさんに頭を下げ、左投手のカーブにマシンを調整してもらった。初めは触ることもできなかったボールが、三日目ぐらいからバットに当たるようになった。

マメがつぶれた手は痛かったけど、カーブを打てるようになった喜びのほうがずっと上だった。やれば、やったぶんだけ返ってくる。照れくさくて逃げていた練習が、それを教えてくれた。

二球目が来る。外角ギリギリのストレートだ。きわどいと思って見送ったが、主審はストライクを取った。これでツーナッシング。

「打てるぞ、夏目！」

「練習を思い出せ！」

ベンチからいくつもの声が飛ぶ。

へへ、なんだよ。けっこう期待されてんじゃんか、オレ。

セットポジションから、江角が足を踏み出す。

夏目はバットを引き絞った。

来る……ナメてかかってるコイツなら、きっと三球勝負に来る！

読みどおり、インコースにカーブが来た。

充分に引きつけ、バットを出す。

カァン……！　浅いフライが上がった。レフトの坂上が懸命に前進してくる。

落ちろ……！

伸ばしたグラブの先に、打球がはずんだ。

それを見て、吾郎と前原が同時に走り出す。前原がホームイン。続いて吾郎がサードを回ったところで、ホームに球が返ってきた。

「っとぉ、あぶねーあぶねー！」

慌てて吾郎が三塁へ戻る。

やった……！

夏目は高々と、拳を突き上げた。

やったぞ、みんな！

ツーアウト一、三塁。一回裏、ドルフィンズはまず1点を返した。


点を取られた。このオレが……。

呆然と、江角はマウンドに立ちすくんだ。

あり得ねぇ……三十イニング無失点のオレが、こんなやつらに……!?

三船リトルなんて、はっきり言って眼中になかった。

顔を合わせたのは初めてではない。夏の合宿の時、練習試合を見学に来て、あまりのレベルの高さに目を白黒させていた。こんなボール、見たこともないんだろ？　わざとカーブを多く投げて、ビビらせてやったっけ。

「しかし汚ねーな、あいつらのユニフォーム」

「たぶん、縁起でもかついで一回戦から洗ってないんだろ。ま、今日は縁起で勝てる相手じゃないけどな」

試合前、ボロボロのユニフォームで練習している連中をベンチで笑っていると、監督の樫本が厳しい声を投げた。

「見下すのは勝ってからにしろ。間違っても手を抜くなよ。初回から全力で叩きのめせ！」

その言葉どおり、初回から打線が爆発した。

三船のエースは、一度ウチの入団テストに合格したことがあるらしい。確かに、四年生にしては球が速い。だが、あの程度のピッチャーは全国へ行けばゴロゴロいるし、直球だけでウチの打線をおさえられるはずもない。

初回だけで9点。ほぼ試合の行方《ゆくえ》は決まり、あとは適当にカーブで三振を取っていれば、自然にコールド勝ちになる……予定だった。

なのに……なんでこいつら、三振しねーんだよ……!?

空振りを取ったはずのボールが、なぜかバットに当たられる。一番、二番は打ち取ったものの、三番以降は芯でとらえてきた。三連打で1点。なおも一、三塁。

悪い夢を見ているようだ。

「タイム！」

キャッチャーの後藤が、慌てた様子でマウンドへ駆けてきた。

「ダメだ、あいつらカーブを狙ってる！　もっとまっすぐも混ぜながら散らしていけ！」

「うるせえ！　ただのまぐれだ！　オレのカーブが、あんなガキどもに狙い打ちされてたまるか！」

イライラと怒鳴り返す。

県大会なんて、ただの通過点だ。オレのカーブは、全国のやつらだってねじ伏せてきたんだぞ……！

「江角……落ちつけ。まぐれなんかじゃねーぞ！」

青ざめた顔で、後藤が声をひそめる。

「バットに……血がついてたんだ。やつらの手を見たら、みんなマメだらけだった。あいつら、本気でお前のカーブ打つために特訓してきてんだよ！」

ああっ？　こいつ、陰気な顔して何言ってやがるんだ。バットの血がなんだって……？

聞き返そうとした時、ふとベンチの様子が目に入った。愕然となる。

き、菊地が……!?

控え投手の菊地が、樫本の指示でブルペンへ向かうところだった。こちらを見て、ニヤッと笑う。

あの野郎……！

一コ下のクセに、入団当初からやけに態度のデカいやつだった。

「江角さんのカーブはすごいけど、ストレートならオレのほうが上っスよね」

事あるごとにライバル視して突っかかってくるのを、江角はいつも鼻で笑ってきた。

あんなやつに、エースナンバーを奪われてたまるか……！

「いいからさっさと帰れ！　マウンドになんか来るんじゃねーよ！　オレに恥かかす気か！」

強引に、後藤を追い返す。

もう、ヒット一本だって打たせねえ。オレが横浜リトルのエースなんだ……！

ボールを強く握り、江角は打席に立った六番バッターを睨みつけた。

引きつけて打つ、引きつけて打つ……。

田辺は心の中で、その言葉を呪文のように繰り返した。

前原や夏目がヒットを打てたんだ。オレだって……。

マウンドの江角が、今にも殴りかかって来そうな目で睨んでいる。見ていると足がすくみそうなので、ボールだけに集中した。

打ちたい……！

これほど強くそう思ったのは初めてだ。失敗して傷つくぐらいなら、最初から期待なんかしないほうがいい。

どっちでもいいよ、が口グセだった。

テスト勉強の範囲を間違えた。リレーの選手に選ばれなかった。父さんの仕事の都合で遊園地が延期になった。

ハハ、別にいいよ、どっちでも。

でも、ほんとはそうじゃない。いい点数を取りたかった。クラスを代表して走りたかった。遊園地に行きたかった。どっちでもいい。そう言って平気な顔をすることで、泣きたくなるのをガマンした。

「なぁ、近所に野球チームがあるんだってさ。冷やかしに入ってみねぇ？」

前原に誘われた時も、「どっちでもいいよ」とついて行った。ただのヒマつぶしだったドルフィンズは、本田吾郎の出現で、いつの間にか本気で勝利を目指すチームへと変わっていった。

そして今、日本一の横浜リトルと対戦している。

どっちでも……よくないっ！

生まれてからの十一年間で、一番がんばった一週間だった。何度も投げ出したくなったけど、仲間のがんばりに勇気をもらって最後までやり通した。手のマメや筋肉痛と引き換えに、自分の中に眠っていた力が呼び起こされていくようだった。

今は、それを思いきりぶつけてみたい。たとえ失敗して傷ついても、きっと後悔はしないと思うんだ。

チラリとランナーに目をやり、江角が投げた。

引きつけて……でもスイングはコンパクトに……ボールをよく見て……それから、何だっけ……!?

考えている間にボールが迫る。カーブの軌道だ。

とっさにバットが出た。

ヤバい、振り遅れ……!?

しっかりと腰を入れ、ボールをバットに乗せるように振り抜く。

打球は高くライトへと上がり……そのままフェンスの向こうへ飛び込んだ。

え……。

「は……入ったぁ！」

「スリーランだ！」

ベンチが、そしてスタンドが沸き返る。

ええ……!?

スコアボードの一回裏の表示が、１から４へと変わった。

吾郎が、そして夏目が次々とホームを踏む。マウンドで江角がガックリと座り込むのが、視界の隅に入った。

ホームラン……オレが、横浜リトルのエースからホームラン……!?

ぼーっとなった頭で、ベースを一周する。走っている足が自分のものじゃないみたいだ。

喜ぶ仲間に迎えられ、ベンチへ座っても、しばらく震えが止まらなかった。

前原がからかうように覗き込む。

「おい、なに震えてんだよ。まだ緊張してんのか、お前？」

「い、いや……なんかオレ、自分でも信じらんねーことできたっていうか……こんな嬉しかったこと、今まで……」

ヤバい、泣きそうだ。

「そうさ、できるんだよ！」

吾郎が明るく声を飛ばす。

「オレたちだって、やればできるんだ！　同じ小学生じゃねーか！　横浜リトルなんて、蹴散らしてやろーぜ！」

「おうっ！」

鶴田の打球は、フェンスギリギリでセンターが捕球した。チェンジだ。

「よーし、まだ五回もあるんだ。絶対逆転すんぞ！」

吾郎のかけ声で、ナインがグラウンドへ駆けだす。

ファーストミットをつかみ、田辺も守備位置へ急いだ。

そうだ……絶対勝ってやる！

震えはもう止まっていた。


「オーライ！」

全力で打球を追いながら、沢村は声をかけた。

コースは右中間。守備範囲ギリギリだ。抜ければ二塁打になる。手首を傷《いた》めた小森に捕らせるわけにはいかない。

伸ばしたグラブにボールが入った。

「っしゃあ、ワンナウトぉ！」

グラブを上げながら、声を出す。

打った七番打者がア然と見ていた。完全に抜けると確信していた顔だ。

へっ、わりーな。ダテにサッカーで走り込んできたんじゃねーんだよ。

次の打球は、一、二塁間への強いゴロになる。長谷川が横っ飛びに捕り、ファーストへ送る。いい守備だ。

次の打者は真上にボールを打ち上げた。薫がガッチリと捕球し、スリーアウト。

よしっ、三者凡退。いいムードだ。

互いに声をかけながら、ベンチへ走って戻る。初回の硬さは、もうナインの誰にもない。ようやく本来の動きに戻ってきた感じだ。

ま、一番の違いは本田のピッチングだけど。

さっきのフライを捕れたのは、落ちる間際に失速したからだ。初回に比べて、打球が伸びなくなっている。回を重ねるにつれて吾郎の球が威力を増すのは、商店街チームとの試合で証明済みだ。

「おーし、9対4、あと5点だ！　この回でひっくり返そうぜ！」

円陣を組んで気合を入れていると、場内アナウンスが響いた。

「横浜リトル、選手の交代をお知らせします。ピッチャー江角君に代わりまして、菊地君」

「な、何ぃ⁉」

ふてぶてしい顔の投手がマウンドへと歩きだした。ベンチ内では、江角が憔悴《しょうすい》した様子で座り込んでいるのが見える。

「もうピッチャー交代かよ」

「てことはオレたち、横浜のエースを引きずりおろしたってことかぁ！」

パァン……！　ミットの音に、盛り上がりかけたドルフィンズベンチが凍りつく。

重そうなスピードボールだ。続けざまにミットを鳴らし、淡々と投球練習を行う。

「は、はえぇっ……⁉」

「こいつのほうがエースじゃねーのか⁉」

オーダー表を見ると、この菊地は五年生とある。が、その自信満々の顔つきはエースの江角より年上に見えた。

「くそっ、いくらでもコマはいるってか…?」

冷静にベンチから見守る樫本を睨んで、吾郎がつぶやく。

規定の投球数を終え、主審の声がかかった。

「プレイ!」

「なんだよぉ、せっかくカーブ打ちの特訓したのにぃ……」

ぶつぶつと不平を言いながら、八番の薫が打席へ入る。

ゆっくりと大きなモーションで振りかぶり、菊地が投げた。

ドン……! ど真ん中に速球が突き刺さる。

「やれやれ、この回は早いとこベンチへ帰れそうだな」

ショートの伊達が聞こえよがしに言った。

くそぉ……デカい口きくだけはあるぜ。二番手のピッチャーがこんな球投げるんじゃな。

しかし、二球目――

カキッ……! 振り抜いた薫のバットが、ボールをとらえた。バックネットへのファールとなる。

「な……!?」

横浜ナインも――

「あ、当てた……!?」

「清水が……!?」

三船ナインも驚く中、本人だけが不思議そうに首をかしげる。

「あれ～、ファール？　おっかしいなぁ……」

ぽかんと口を開け、沢村は薫を見つめた。

「ど、どーなってんだ、清水のやつ？　前だったら、あんな速い球にタイミング合うわけねーのに……」

「バーカ、当然だろ」

吾郎がニヤッ、と笑みを浮かべる。

「あいつはこの一週間、何百球もオレの球を受けてんだぜ！　あんぐらいのボールにビビるかよ！」

その通りだった。三球目。うなりを上げて迫るボールをしっかりと見据えて――

カンッ……！　薫が打ち返す。

三塁線へのライナーだ。サード真島がとっさに出したグラブに、一直線に飛び込む。

「か～、正面かよ！」

「おっしい～！」

残念がる三船ベンチの声を聞きながら、グラウンドの横浜ナインはショックに静まり返った。

エースは打ち込まれて降板。二番手の菊地も八番の女の子にジャストミートされる
……こんな展開を、誰が予想しただろう。

流れはこっちへ来てる。ここで一気にたたみかけるんだ……！

沢村は、打席へ向かう小森に向かって声を張り上げた。

「行けぇ！　かっとばせ、小森ーっ！」

「おい、沢村」

戻ってきた薫が、怪訝《けげん》そうに見る。

「かっとばせって……小森、左手ケガしてるからアレしかできないだろ」

「だからぁ、そう言っとけば相手もだませるじゃねーか！」

コン……菊地の初球を、小森はうまく転がした。

「バント……!?」

意表をつかれた内野陣のダッシュが遅れる。送球が届くより早く、小森はファーストを駆け抜けた。

「セーフ！」

バントヒットで、ワンナウト一塁となる。

「さーて、こっからだな……！」

体をほぐすように二、三度屈伸をすると、沢村は打席へ入った。

　ここでオレが出ればチャンスが広がる……じっくり粘って、必ず出塁するんだ！

戸塚西との試合でヒットを打ったこともあり、この試合では一番をまかされた。先頭バッターという気負いから、初回は打ち急いでしまった。

小森のバントで、内野のやつらも警戒してる。球は速いけど、なんとか打ち返しかねぇんだ……！

バン……！　速球が真ん中へ決まった。手を出さずに見送る。

やっぱ速《はえ》ぇや……速いけど……。

妙な感じだ。自分の感覚と、頭で考えたことにズレがある。球の速さに驚いているのに、なぜか打てない気がしない。

そうか！　いつも練習してた、本田の球とほとんど同じ速さなんだ……ていうか、本田のほうがスピードもコントロールも上じゃねーか!?

二球目が来る。また真ん中だ。

ナメやがって……！

カァン！　振り抜いた打球は、センターの頭上を越えた。

沢村は二塁へ、小森は三塁へ、同時に滑り込む。

「いいぞ、沢村！」

「ナイスバッティン！」

へへっ、まぁそう騒ぐなって。

ベンチの声援に、沢村は照れたように鼻をこすり上げた。

オレたちが横浜リトルを押してる……ハハ、ほんとかよ……？

打席に立ち、長谷川はバットを構えた。マウンドの菊地をじっと見る。

でけーな、こいつ。ほんとにオレと同じ五年生かよ……ていうか、オレが小っちゃいんだけど……。

いまだに三年生ぐらいと間違えられる。背の順に並ぶと、いつも先頭だ。スポーツは好きだけど、体が小さくて損だなと思うことはしょっちゅうだった。

サッカーは、体当たりでボールを奪われてしまう。バスケは、シュートを全部ブロックされてしまう。だから野球を選んだ。野球なら守備位置が決まっているし、打席での勝負でも直接ぶつかり合うことはない。体が小さいとストライクゾーンが狭くなって、バッターに有利という話も聞いたことがある。

でも、ほんとはやっぱ、野球だってデカいほうが有利なんだよな……。

歩幅が大きいほうが走るのだって速いだろうし、バッティングだってパワーのあるほうが遠くまで飛ばせるだろう。プロ野球を見ても、やたら大きい選手ばっかりだ。

考えだすと落ち込むので、そういう時は大好きなゲームに没頭する。ゲームの中なら、体格なんて関係ない。指先一つで、主人公がバッタバッタと強い敵を倒してくれる。ゲームをやっている時だけは、自分の背が低いことを忘れていられた。

本田吾郎と出会って、自分の中にちょっとした革命が起きた。体格はさほど自分と変わらないのに、ピッチングもバッティングも誰よりもすごい。

オレも、がんばればあんなふうになれるのかな……？

練習はつらかったけど、少しずつうまくなっていくのが実感できた。それにつれて、体格を気にしていたことがバカバカしく思えてきた。

一人一人、いろんな個性を持っている。それをぶつけ合うことで、長所が短所に変わり、チームは強くなる。一人じゃできないことでも、みんなだったらできるんだ！

追い詰められた顔で、菊地がモーションを起こす。

バットを握る手に力を込めた。

体の大きさなんか関係ない。強豪か弱小かなんて関係ない。二回裏、ワンナウト二塁三塁。みんなが作ったこのチャンスを、ムダにしてたまるか……！

カン……！　思いきりバットを叩きつけた。打球がセンターへ上がる。

抜けてくれ……！

走りだした途端、足がもつれた。

「あ……!?」

どっ、と転ぶ。

まずい、立って一塁へ行かなきゃ……!?

慌てて体を起こした時、わっ、とスタンドが沸いた。見ると、審判が腕をグルグルと回している。

えっ……あれって……。

「うわあっ、またホームランだ！」

「3点追加〜！」
ウ、ウソぉ〜⁉
ベンチでチームメイトが抱き合って喜ぶのが目に入る。小森と沢村が、ガッツポーズを取りながらホームインした。

スリーランホームラン。無我夢中で振り抜いた打球は、みんなの思いを乗せてスタンドまで届いていた。

拍手と声援に包まれながら、ベースを回る。最高の気分だ。

ハハ……今のオレって、ゲームの主人公よりカッコいいんじゃねぇ？

走りながら、長谷川は小さな体で精一杯胸を張った。


9対7。2点差。

絶対この回で追いついてやる……！

ネクストバッターズサークルに座り、吾郎は静かに呼吸を整えた。

初回に取られた9点を、みんなのバットが必死にここまで埋めてくれた。

サンキュー、みんな。最後はオレがきっちり振り出しに戻してやるぜ！

前原がフォアボールで歩いた。またワンナウトからランナーを出し、精神的にも動揺しているようだ。

よし、と気合を入れ、立ち上がる。打席へ歩きだすと、不意に場内アナウンスが聞こえた。

「横浜リトル、選手の交代をお知らせします……」

またピッチャー交代……⁉　誰だ？　もしかして、あの女の子……？

「キャッチャー後藤君に代わりまして、佐藤寿也君」

え……と、寿君⁉

プロテクターをつけた寿也が、ベンチから歩きだした。澄んだ目が、まっすぐにグラウンドを見つめている。

正捕手の後藤が慌ててベンチへ駆け寄り、何か抗議したようだ。樫本はまったく取り合わず、やがて後藤はガックリと肩を落とし、すごすごとベンチへ引っ込んだ。

この場面でキャッチャー交代……。

吾郎は打席の横に立ち、近づいてくる寿也を見つめた。

キャッチャーとして守備につく寿也を見るのは初めてだ。2点差に詰め寄られたこの場面で、六年生の正捕手に代えて四年生の寿也を起用するからには、それなりに実力を評価されていると考えなければならない。

あの最後のキャッチボールから三年。野球選手として、寿也はどんな成長と変貌を遂げたのだろう。

「へへっ……」

嬉しさがこみ上げてくる。

野球を通して結ばれた親友と、こうしてまたグラウンドで再会する。こんな贅沢な友情関係って、他にはないぜ！

吾郎は、寿也に明るく声をかけた。

「ついにグラウンドで会えたね、寿君！」

「……一球だけお願いします！」

寿也は吾郎を完全に無視して、菊地に声をかけた。ベースの後ろに座り、投球を受ける。その間、チラリとも吾郎を見ようとしない。

あれ……？

思わず、寿也を見つめた。

「なんだよ、冷たいじゃん。あ、もしかして寿君、初出場で緊張してんの？」

「うるさいな」

不意に、冷やかな目が吾郎に向けられる。

「ムダ口たたいてるヒマがあったら、狙い球でも絞ってたほうがいいんじゃないの？ま、もう打たせやしないけどね」

感情のない声で言うと、マスクを下ろす。

ア然と、吾郎は寿也を見下ろした。やがて目をそらし、バットを構える。ムカムカと怒りがわいてきた。

……あーそう。分かったよ……試合となりゃあ、友達なんて関係ないってことだよな！　そんならこっちだって、遠慮なくそっちのピッチャーをノックアウトしてやらあ！

「プレイ！」

主審が試合再開を告げた。


悪いね、吾郎君。

マスクの間から、寿也はチラリと打席を見上げた。

今のやり取りで、吾郎君の頭の中は長打を打つことでいっぱいなはずだ……勝負はもうはじまっているんだよ。

ミットのかげでサインを出す。

まずは、これだ。

菊地がムッとした顔を見せた。無造作に振りかぶり、投げる。

え……？

ど真ん中への速球。サインと違う。

「誰に……打たせないって⁉」

足を踏み出し、吾郎がフルスイングした。

カァン……！　レフトへ引っ張った打球はわずかにファールゾーンへ切れ、フェンスにはね返る。

ヒヤリとした。一歩間違えば三塁打コースだ。

問いかけるようにマウンドを見る。

菊地が素知らぬ顔でそっぽを向いた。年下のリードで投げられるか、ということだろう。

やれやれ……。

「タイム、お願いします」

主審に言って、マウンドへ駆け寄る。笑顔で菊地に話しかけた。

「あれ？　コントロールミスですか？　困ったなぁ、要求したコースへ投げるコントロールがないんじゃ……」

わざと困り果てた顔をする。

「じゃあぼく、監督に相談してみます。菊地さん、限界みたいですから」

監督という言葉を出すと、菊地の顔色が変わった。駆けだした寿也を慌てて引き止める。

「ま、待て！　……分かった。次は大丈夫だ。お前のリードどおりに投げる！」

目を伏せ、悔しそうに言う。

「……そうですか。じゃあ、ちゃんと頼みますよ」

釘を刺すように見て、守備位置へ戻る。これでもう、サインを無視することはないだろう。

——年下でも遠慮はいらん。お前のリードで、この流れを止めろ。

それが監督の指示だった。勝利のためには、手段など選んでいられない。今のチームに一番必要なのは、三船リトルが強敵であることを認め、真剣に向き合うことなのだ。

マスクをかぶって座り直すと、打席から吾郎が声をかけてきた。

「何の相談だよ。何したって、あのピッチャーの球じゃオレはおさえられないぜ」

「……来るよ」

改めてサインを出す。

菊地が投げた。

「……うわあっ⁉」

胸元ギリギリをかすめたボールに、吾郎がのけぞって倒れる。

球を返しながら、わざと大声で言った。

「ナイスコース！」

「ナ……ナイスだとぉ⁉」

怒りの表情で、吾郎が立ち上がる。

「おい寿也！　てめーわざと危険球投げさせたな⁉」

「危険球？　どこが？　ただのインハイだよ。大げさに倒れすぎなんじゃゃない？」

平然と微笑みを返す。

頭に来すぎて、吾郎は言い返す言葉も出ないようだった。嚙《か》みつきそうな顔でバットを構える。

「ちっきしょ〜……ぜってー打ってやる！」

そう。それでいい。吾郎君には、できるだけカッカしてもらわないとね。

次のサインを出す。

うなずき、菊地が投げた。高めのボール球だ。

力まかせに振った吾郎のバットが、球の下を通過した。これでツーストライク。

いいぞ……！

寿也は微笑んだ。

腹立ちまぎれのスイングで、ボール球を振らせるのが狙いだった。この様子なら、もうストライクはいらない。打ち気にはやってる今の吾郎君なら、外角の逃げるカーブで打ち取れる……！

冷静に、ラストボールのサインを出す。

悪く思わないでよ、吾郎君。この打席は、ぼくの勝ちだ……！

大きく変化するカーブが、外側へと逃げていく。

一歩踏み出し、吾郎がバットを出した。届かない。そう思った瞬間――バットの軌道がわずかに変わる。

な……!?

カキッ……！　一塁線へ、弾丸のようなライナーが飛んだ。ファーストの羽生がとっさにジャンプする。伸ばしたグラブの先にかろうじて引っかかり、打球は止まった。

「げっ……!?」

スタートを切った前原が慌てて立ち止まる。

羽生はそのまま着地し、ベースを踏んだ。ダブルプレー。ドルフィンズのチャンスは一瞬にして消え、チェンジとなる。

「くそぉっ……！　ボール球を打たされた！」

悔しげにヘルメットを脱ぎ捨て、吾郎がベンチへと戻っていく。

その後ろ姿を、寿也は驚嘆の目で見送った。

信じられない……あそこで、とっさにカーブにバットを合わせるなんて……。

嬉しさで、自然に頬がゆるんでくる。

あの野球センスは、ぼくに野球を教えてくれたころから変わってない……やっぱりすごいや、吾郎君は！

最高の友達。そして、最高のライバル。この試合に出場できたことを、寿也は感謝した。

三回表。横浜リトルの打順は一番からだ。

さーて。問題はこっからだよな……。

マウンドに立ち、吾郎はゆっくりと手の汗を拭った。

相手の油断につけこんで一気に追いつき、逆に突き放す。そんな目算が……寿也の登場で崩れた。

あのうまいリードがあるかぎり、今後はもうそんなに点は取れないだろう。となれば、これ以上絶対に点をやるわけにはいかない。

ピッチングの調子は上がってきてるんだ……そう簡単には打たせねーぞ！

しかし――

カン……！　伊達が、いきなり初球を叩きつけた。ボールが高くはずむ間に、駿足《しゅんそく》で一塁を駆け抜ける。内野安打だ。

「ドンマイドンマイ、打たせてこーよ！」

ファーストから声をかける田辺の背中に、伊達が低い声でつぶやいた。

「やりすぎたな……やりすぎたよ、おめーらは。オレたちのプライドを傷つけた代償は高くつくぜ……！」

二番の村井、そして三番に入った菊地が、続けざまに連打で出塁する。大振りを避け、コンパクトにシングルヒットを狙ったスイングだ。

たちまちノーアウト満塁となった。

くそぉ……こいつら、この回から目つきが変わりやがった……！

新人の寿也を投入してまで監督が勝負の姿勢を見せたことで、さっきまでの楽勝ムードが消えた。ここからの横浜リトルは、日本一を勝ち取った本当の実力を見せてくるだろう。

「四番、サード真島君」

初回にホームランを打った真島が打席に立つ。隙のない構えは、どこへ投げても打たれそうな迫力に満ちていた。

ちぇっ。やっぱストレートだけじゃ通用しねぇか……こうなったら、賭けに出るしかねーな！

吾郎は帽子をかぶり直し、ニッ、と笑った。

「しゃーねえな。ほんじゃ、そろそろ秘密兵器でも出すか！」

「ああっ？」

真島がいぶかしげな声を出す。

バックのドルフィンズナインも、きょとんとした顔を見合わせた。

「秘密兵器……？」

ゆっくりと、モーションを起こす。

「ちゃんと捕れよ、清水！」

「う……うそぉ!?　聞いてないよ～っ！」

パン……！　球はミットに収まった。見送った真島が、怪訝そうに眉をひそめる。

「どーだ！　こんな球、見たこともねーだろ！」

返球を受けながら、自信満々に叫ぶ。

「オレの魔球を、打てるもんなら打ってみろ！」

もう一球。同じコースへ決まった。

見極めるように、また真島が見送る。やがて、おかしそうに笑いだした。

「フ……フフフ、まんまとだまされるとこだったぜ。このハッタリヤローが！　魔球宣言でまどわせて、カウントかせごうってのか！　ただのストレートしかねぇクセによ！」

「だははは～、バレちゃった？」

はぁ……!?　とグラウンドの誰もが口をだらりと開けた。

桃子がベンチで立ち上がる。

「こ、こらぁ、吾郎！　なんてことすんの！　正々堂々と戦いなさい！」

「っさいな～。カケヒキだよ、カケヒキ。しょーがないだろ、こっちはストレートしかねーんだから……」

言い返しつつ、心の中で舌を出す。

なーんてな。

真島の目つきが鋭く変わった。

「茶番は終わりだ。すぐに楽にしてやるよ！」

「ナメんなよ……」

つぶやいて振りかぶる。

「これが本当の……秘密兵器だ！」

体をそらし、足を踏み出す。指先にすべての神経を集中し、吾郎は投げた。

スピードを殺した半速球が、ユラ……とミットへ向かっていく。

スイング動作に入った真島の目が、驚きに見開かれた。

「チエ……チェンジアップ!?」

バットは止まらず、そのまま空を切る。

スパン……と遅れてミットが鳴った。

「ストライク、バッターアウト！」

空振りした真島も、ベンチの横浜ナインも、一様に言葉を失った。

ストレートしかない。その思い込みが、足元から崩れたのだ。ショックは大きかった。

「つしゃあ！　秘密兵器大成功！」

雄叫びを上げながら、吾郎は内心ホッと胸をなで下ろす。

ストライクになってくれてよかったぁ。コントロールには自信なかったからな……。

合宿で横浜リトルの試合を見てから、変化球の必要性を痛感していた。覚えるなら、ひじに負担をかけず、握りもストレートとさほど変わらないチェンジアップ。しかし、自信を持って使えるレベルまで磨くには、時間が足りなかった。

まぁ、結果オーライってことで……！

バン、とグラブを叩き、吾郎は威勢よく叫んだ。

「さあ、どんどん来いよ！ さっさとこの回終わらせて、逆転する予定なんだからさ！」


真島に続き、五番の羽生もチェンジアップに三振を喫した。

ふむ。こいつはやっかいだな……。

樫本は腕組みをしたまま、じっとグラウンドを見つめた。

選手の実力には信頼を置いている。横浜リトルの四番五番が連続三振したということは、その威力は本物と見なくてはならない。

ただのチェンジ・オブ・ペースではないということか……。

チェンジ・オブ・ペースとは、打者のタイミングを外す緩《ゆる》いボールを指す。チェンジアップと混同されがちだが、両者はまったく違う。本物のチェンジアップとは、パームボールのように落ちる、まぎれもない変化球だ。空振りさせるほど落ちるチェンジアップを自在に使いこなすとなれば、この試合中だけで打ち崩すのは難しいだろう。

しかし……と樫本は考える。

注目すべきは、なぜあのタイミングで投げたか、だ。

武器として使える自信があるなら、初回に9点も取られる前に投げていたはずだ。不安があるから使わなかった。今回は、捨て身の賭けに出たのがたまたま成功したに過ぎない。

恐らくは、コントロールの不安……か。

「佐藤」

打席へ向かおうとする寿也を、樫本は呼んだ。

「カウントを取りに来るストレートだ。それを狙え」

「はい！」

寿也が冷静にうなずく。どうやら、すでに同じ結論に達していたらしい。四年生ながら、その試合勘と洞察力には舌を巻くものがある。

あいつはいずれ、ウチの中心選手になるかもしれんな。

サングラスの奥の目が、ふと緩んだ。

打席へ入った寿也に、ベンチから声が飛ぶ。

「打て、佐藤！　ここで点を取れねーと、調子づかせるぞ！」

「わりーな。もう……づいてるぜ！」

気合の表情で、吾郎が投げた。

いきなりチェンジアップだ。見送った寿也の膝元でストンと落ち、地面にはずむ。やはり、落差はかなりのものだ。

二球目。またもやチェンジアップ。これも見送る。

主審のコールは、二球ともストライクになった。

まずいな……この場面へ来て、コントロールをものにしはじめているのか……？

三球目にようやく速球が来た。寿也がバットを出すが、大きく振り遅れてファールになる。緩い球を続けて見せられると、やはりタイミングがズレるようだ。

「寿君。さっきの打席の借りは……きっちり返すよ！」

吾郎が最後の球を投げる。

パン……！　チェンジアップで空振り三振。ノーアウト満塁のチャンスは、無得点のままチェンジとなった。

真島たちが無念そうにうなる。

「三者三振かよ……」

「初回に9点取っといてよかったな……」

消沈した様子で、寿也が戻ってきた。

「すみません……」

「気にするな。それより、お前は2点のリードを守ることを考えろ。切り替えができなきゃキャッチャーはやれんぞ」

「は……はい！」

守備へ向かうナインを見送りながら、樫本は今の勝負を頭の中で振り返った。

チェンジアップは三球。そのすべてがストライク。

スポーツ選手には、試合で実力を百パーセント出せる者と、気負いや緊張で半分も出せない者とがいる。だが、本田吾郎はそのどちらにも当てはまらない。練習で未完成だった球を、彼は逆境で百パーセント以上に完成させてしまった。驚くべき集中力だ。

親父ゆずりか……。

小学生時代、リトルのチームメイトだった本田茂治にどうしてもかなわなかった。ここぞという時に発揮するその野球センスに、何度も目を見張ったものだ。

このぶんだと、お互いもうそれほど点は取れんな……。

樫本の読みは当たった。寿也のリードで立ち直った菊地の前に、三船打線は凡退を繰り返した。一方横浜も吾郎のチェンジアップに翻弄《ほんろう》され、互いに追加点を奪えないまま、六回表までが終了。

９対７で、ドルフィンズ最終回の攻撃を迎えようとしていた。

「あのぉ……大丈夫ですか、お客さん？　なんか、顔色よくないですけど……」

タクシーの運転手が、心配そうに振り返る。

後部座席に横になったまま、安藤はかろうじて引きつった笑顔を向けた。

「だ、大丈夫……それよりオーシャンスタジアムへ急いでください。でも、急発進急ブレーキは控えめにね……」

車の振動が、電流のような衝撃を腰に伝えてくる。そのたびに悲鳴を上げそうになるのを、安藤は必死にこらえた。

行かなければ……あの子たちの試合を、見に行かなければ……！

試合開始二時間前。安藤スポーツ店の前にマイクロバスが到着した。子供たちが乗り込み、続いて練習用ボールの入ったカゴをバスに積み込もうとした時……腰がゴキンと音を立てた。

大事な決戦の日に、ギックリ腰。今日ほど自分の腰を呪ったことはない。

絶対安静を命じられたが、とてもじっとしていられなかった。ベンチへ入ることが無理なら、せめて試合を見守りたい。声援を送ってやりたい。

家族には内緒で、はうように裏口を出ると、つかまえたタクシーに転がり込んだ。もう、試合は終わってしまっただろうか。屈辱的なコールド負けを喫して、落ち込んでいるかもしれない。その時は、言葉を尽くしてなぐさめてあげよう。君たちはよくやった、監督の私の力不足だったと言ってあげよう。

スタジアムへ着くと、ヨロヨロと階段を登っていく。スタンドへ出ると、グラウンドでプレーする選手たちの姿が見えた。

「ストライク、バッターアウト！」

田辺が、三振に倒れたところだ。無念そうに肩を落とし、ベンチへ帰っていく。スコアボードを見ると、六回裏ツーアウト。試合はいよいよ大詰めという場面だった。

そうか……コールド負けはしなかったか。すごいことだ。日本一の横浜リトルを相手に、それだけでも充分……。

ふと、両チームの点数が目に入る。

え……？　こ、これは……!?

自分の目を疑った。

「9対7……!?　あの子たちが、横浜リトルに対して9対7だって……!?」

思わず大声で叫んでいた。途端に痛みが走り、その場にうずくまる。

「うっ……」

近くの男性客が振り返る。

「あ、安藤さん……!?」

茂野だった。一回戦のあとの祝勝会で、互いに自己紹介をして以来だ。慌てて駆け寄り、安藤の体を支える。

「大丈夫ですか!?　ダメですよ、寝てなきゃ！　ギックリ腰は絶対安静なんですよ！」

「あ、あの子たちが……半年前まで、あの弱々しくて覇気のなかった子供たちが……横浜リトルを相手にこんないい試合をするなんて……！　最初からベンチで応援してやりたかった……」

「安藤さん……」

鶴田が、しょぼくれた様子で打席へ向かうのが見えた。ベンチの子供たちもうつむいている。あとアウト一つ。これで終わり。あきらめが、ドルフィンズを支配していた。

いかん……まだだ、まだ……！

茂野の手を振り払い、前へ出る。腰の痛みに耐えて柵《さく》にしがみついた。

まだ間に合う……監督として、できることを……！

身を乗り出し、精一杯の声を張り上げた。

「こらぁ、鶴田！　胸を張らんか！　まだ終わってないぞぉ！」

鶴田が、驚いたように見上げる。ベンチの吾郎たちも同様だった。

「か……監督!?」

「最後まであきらめるな！　がんばれ！」

ぽかんと見つめていた鶴田の顔に、やがて決意の色が広がった。うなずき、打席へと歩きだす。

そうだ……それでいい。胸を張って、最後まで戦ってこい！　君たちはドルフィンズの野球戦士。私の誇りなんだ……！

腰を押さえて座り込みながら、安藤は幸せそうに微笑んだ。


監督が来てくれた……！

鶴田はバットを握りしめ、キッ、とマウンドを睨みつけた。

絶対安静のはずの監督が、ぼくたちのために……！

「あのー、塾があるんで、練習早めに上がってもいいですか？」

そう言って、何度も困らせた。監督は決まってさびしそうな顔をして、それでも帰ることを許してくれた。

塾が一番大事なんだと、いつもお母さんに言われていた。自分もそう信じていたけど、最近は少し違うなと思っている。

一番大事なことは、自分で決めなきゃいけない。塾では教えてくれないことを、野球はたくさん教えてくれるんだ。

菊地の一球目が来る。内角の厳しいボールだ。

速い……！　思わず腰が引けた。

――こらぁ！　怖がってちゃ打てんぞ！　最後までボールから目を離すな！

そうだ、いつも監督に怒られたっけ……。

何度エラーしても、何度早退しても、監督は見捨てずにいつも熱心に指導してくれた。その監督の前で負けたくない。最後のバッターになりたくない。

最後まであきらめない。これも、野球が教えてくれたことだった。

二球目。外角へのカーブ。

打つんだ……!

バットを振り抜く。ガッ、と鈍い衝撃を手の中に残し、ボールはレフトへ飛んだ。

ショートの伊達とレフトの坂上がそれぞれ追う中、打球は二人の間にポトリと落ちる。

「やったぁ!」

「走れ、鶴田ぁ!」

必死にファーストを駆け抜ける。セーフだ。

ツーアウト一塁。チャンスが生まれた。

やった……オレ、やった……!

鶴田は拳を上げ、ベンチに……そしてスタンドの監督に笑顔を見せた。

え……まさか……。

ネクストバッターズサークルで、小森は不安そうに顔を曇らせた。

樫本の指示を受けた寿也が、ベンチから戻ってくる。そのまま座らず、高々とミットを上げた。

間違いない。敬遠だ……！

鶴田のヒットでつながれたチャンス。が、次打者の薫はこの試合ノーヒット。まともに勝負をしても、打ち取れる可能性のほうがはるかに高いはずだ。それをあえて、同点のランナーを出してまで敬遠する理由は一つしかない。

次のぼくを、百パーセント打ち取れる自信があるからだ……。

左手の包帯は隠しようがない。この試合、すべての打席はバントをしてきた。百戦錬磨の横浜リトルが、小森の左手がバットを振れないほどの負傷だと気づいても意外ではない。

「ボール、フォア！」

主審の宣言で、薫が一塁へと走る。

小森が打席へ歩きだした途端、寿也がグラウンドに声をかけた。

「内野、外野、全員前へ！」

三人の外野手が前進し、それぞれベースにつく。四人の内野手はさらに前へ。一、二塁間と二、三塁間を二人ずつ固める。一分《いちぶん》の隙もない包囲網。バントの成功率はゼロだ。

やっぱり……！

「くっそぉ、そういうことかよ……！」

吾郎が悔しげにうめく。ドルフィンズベンチに絶望感がただよった。

パン……！　容赦《ようしゃ》なく、菊地が一球目を投げた。なすすべもなく見送る。

ぼくがケガなんかしなきゃ……。

バットを握った左手を見る。

清水さんはアザを作りながら、キャッチャーになってくれた。その特訓のために、本田君はこの一週間、一人で何百球も相手して……そんなの肩やひじにいいわけないのに。そのぶんの時間をチェンジアップの練習に回せば、9点も取られなかったかもしれないのに……！

二球目。ツーストライク。追い込まれた。

みんなのおかげで、ここまで戦ってこられた。でも、ぼくは何もしてない。何も……。

——絶対にバットを振ったりしないこと。無茶したら、もう野球ができなくなるかもしれないんだよ。まあ、とても痛くてそんなことはできんと思うけどね……。

医者はそう言っていた。正直、バットを振るのは怖い。

でも……それでもぼくは……！

菊地がモーションを起こす。小森は、バットを握る手に力を込めた。上体を入れ、軸足を軽く引きつける。

吾郎がハッとしたように叫んだ。

「よせ、小森！　振るなぁ！」

ありがとう、本田君。でもぼく……どうしても負けたくないんだ！　いじめられっ子だった自分が出会った、野球。仲間。チーム。いろんなものをもらった。今度はぼくの番だ。ぼくがみんなの希望を……守るんだ！

ど真ん中へ来たボールを――

カン……！　小森は打ち返した。

あっ!?　と見上げた横浜ナインの頭上を越え、打球は転々と外野へ転がっていく。

鶴田がサードを蹴り、ホームを踏んだ。1点差。さらに、薫もホームへ向かう。

センターの関がボールをつかみ、投げる。セカンド村井が中継し、ホームへ。

薫が頭から滑り込んだ。覆いかぶさるように、寿也がタッチする。

「……セーフ！」

主審が、手を大きく横に広げた。

「お……追いついたぁ！」

「同点だ〜っ！」

笑顔で飛び上がるベンチを見て、小森はホッとした。その瞬間、ズキン！　と激痛が突き抜ける。

「うぐっ……!?」

痛みに目がくらみ、しゃがみこんだ。セカンドベースはすぐ目の前だ。

あ……立って走らなきゃ……。

思った時には、伊達にボールが渡っていた。逃げようとした背中に、ポン、とタッチされる。

「アウト！」

同点でスリーアウト。その瞬間、延長戦への突入が決まった。

ベンチへ戻ると、仲間たちが出迎えた。

「ごめん、サヨナラのチャンスをつぶしちゃって……」

「何言ってんだよ！　同点タイムリー打っただけで充分さ！」

「絶対勝とうぜ、この試合！」

手首はズキズキと痛む。でも、後悔はなかった。

「うん、勝とう！」

小森は、満足げな笑顔でそう言った。


がんばれ、本田……！

ミットを構えながら、薫は心の中で必死に呼びかけた。

こんな作戦なんかに負けんなよ！

延長七回――

横浜リトルが突然、戦い方を変えてきた。一球ごとに、バッターはバントの構えを繰り返す。そのたびに吾郎は前方へ向かってダッシュした。吾郎を走らせ、スタミナを奪おうという作戦なのは明らかだ。

初回から一人で投げている吾郎の体力が消耗していることは、五回あたりから分かっていた。ホームベースの後ろから見ていてもハッキリ分かるほど、息が荒い。肩が激しく上下している。守備を終えてベンチへ戻ると、ぐったりと座り込んでしばらくは口もきけない有様だった。

コン……！　さんざん粘《ねば》ったすえ、九番バッターがピッチャー正面にバントを決める。走ってきた吾郎がつかみ、一塁へ投げた。

「アウト！」

ようやくチェンジだ。膝をついていた吾郎がのろのろと立ち上がり、ベンチへ歩きだす。

「だ、大丈夫かよ、本田……」

「どう見ても大丈夫じゃねーだろ。もう限界だよ……」

ベンチに身を投げ出した吾郎を、チームメイトが心配そうに見つめる。

疲労からボール球も増え、この回だけでも十八球。横浜の作戦は着実に効果を上げていた。

そこへ、場内アナウンスが響く。

「横浜リトル、選手の交代をお知らせします。ピッチャー菊地君に代わりまして、川瀬涼子さん」

あの女の子だ……！

グラウンドに目をやった。

真新しいユニフォームに身を包んだ涼子が、軽快な足取りでベンチから駆けだしてくる。お下げにした長い髪が、小動物の尻尾のように背中ではねた。

「ここであの女ピッチャーかよ……」

「延長に入って、まだあんなピッチャーを出してこれるなんて、ずりーよなぁ……」

寿也を相手に、投球練習を行う。体を折るようなフォームから投げる球は、相変わらず抜群《ばつぐん》のキレだ。

ふとベンチに目を戻すと、吾郎がじっと涼子を見つめていた。

あ……。

合宿で吾郎が涼子に注いでいた、熱い視線。あの時と同じだ。

やっぱり、気になるのかな……。

不意に吾郎が目を上げ、薫を見た。

「……なんだよ。オレの顔になんかついてるか？」

「えっ!?　べ、別に……」

しどろもどろに答える。

「な、なんか、やけに熱心に見てるからさ。あのコに興味あんのかな～とか思って
……」

うっわ〜、何言ってんのよ、あたし……！

「ああ、まーな」

「え……」

ズキン、と胸が痛む。

「すげーよな、あのフォーム……ギブソンそっくりだ。たぶん、ビデオとか見て相当研究したんだろうな……」

へ？　ギブソン……？

きょとん、とグラウンドを見る。

言われてみれば、アメリカで見たギブソンのピッチングによく似ている。

「きっと、あの子にとってはギブソンがコーチだったんだ……だからオレ、勝負したいんだ。おとさんに教わったピッチングで、あの子と真剣に投げ合ってみたいんだ！」

それで、彼女のこと……。

雲が晴れるように、気持ちが軽くなっていく。

やっぱ、こいつって野球バカだ！

なんだか、笑いがこみ上げてきた。

「なにニヤニヤしてんだよ。大丈夫か、お前？」

「う、うるせーな！」

立ち上がり、打席の沢村に声を飛ばす。

「行け〜、沢村ぁ！　かっとばせーっ！」

が、沢村は三振に倒れた。続く長谷川も、前原も、涼子に凡打を打たされる。三者凡退。あっと言う間にチェンジとなった。

グラブをつかみ、吾郎が立ち上がる。

「さすがだな。オレも負けてらんねーぜ！」

その足元が、グラリとよろけた。疲労はほとんど回復していないようだ。

「ほんとに大丈夫か、本田？　顔色もよくねーぞ」

気づかう薫に、吾郎が笑顔を向ける。

「心配すんな。オレ、お前とキャッチボールしてんの楽しいから。人がせっかく楽しんでんの、止めるなよ」

軽く手を上げ、マウンドへと歩きだす。

遠ざかる背番号『1』を、薫はじっと見つめた。

このバカ……今、こっち向くなよな！

赤くなった顔をマスクで隠すと、薫はグラウンドへ駆けだした。

「まずい……こりゃあ、まずいですよ、安藤さん！」

グラウンドに目を注いだまま、茂野は深刻な表情で言った。

八回表。先頭打者の伊達が一塁へと歩きだす。七回に引き続き、何度もバントの構えで揺さぶったすえに選んだフォアボールだ。

「すぐに吾郎君をマウンドから降ろさないととんでもないことになりますよ！」

隣に座った安藤が、ギョッとしたように見る。

「とんでもないこと……!? それは……」

「フォームです。もともと理想的な投球フォームをしている吾郎君が、体の開きが早く、ひじも下がって、腕のフォロースルーも体の前で止まってる……彼の肩かひじに、異常が起こってるとしか思えません！」

「い、いやしかし、それだったらあんな速い球は放れないんじゃないですか!?」

パァン……！　速球が低めへ決まる。二番の村井が見送った。

「だからヤバいんですよ！」

次の球は、遠く外れたボール球になった。吾郎が息をはずませ、ひたいの汗を拭う。

危険だ……これ以上は危険すぎる……！

立ち上がり、茂野は背後の通路へと駆けだした。

「茂野さん!?」

安藤が驚いて呼んでいるが振り返らずに走った。

並のスタミナではない。初回の大量失点でも崩れず、その後も力投を続けた。六回まで、あれだけの球数を一人で投げ抜いた体力と精神力は大したものだ。だがそれでも、吾郎がまだ骨や筋肉のできていない小学生だという事実に違いはない。

七回からのバント攻めで、吾郎の疲れは目に見えて加速した。フォームが乱れ、ボールが先行する。それでも球の威力はほとんど変わらない。崩れたフォームであんな速球を投げていたら、相当な負担がかかっているはずだ。

選手通路を急ぐ。ベンチの扉が前方に見えた。

大ケガをする前にやめさせなければ……！

扉を開けて飛び込むと、桃子が驚いたように振り返った。

「茂野さん……!?　どうかしたんですか？」

「星野さん！　吾郎君をすぐに交代させてください！」

「えっ……!?」

村井の送りバントで、伊達が二塁へ進んでいた。三番の涼子が打席に立つ。

「こ、交代って……」

「これ以上投げさせたら、吾郎君は……」

うわっ！　とグラウンドで声が上がった。吾郎の初球がワイルドピッチとなったのだ。薫が慌ててボールを拾いに走る。

ホームカバーへ入ろうとした吾郎が、つんのめったように転倒した。そのまま起き上がらず、息をはずませている。主審が驚いてタイムをかけた。

「おい君、大丈夫か!?」

思わず、ベンチを飛び出した。

「大丈夫じゃない！　その子はもう限界なんだ！　ピッチャー交代だ！」

「し、茂野さん⁉　なんでプロのあなたが……ダメですよ、部外者は出ていってください」

「そんな場合じゃねーんだよ！」

主審と言い争っていると、つぶやくような声が聞こえた。

「……誰が限界だって？」

フラフラと、吾郎が立ち上がる。疲れ切った表情の中で、目だけが闘志を宿していた。

「やめてよ、おじさん。勝手にそんなこと決めないでくれよな……」

その両肩に手を置き、目を覗き込む。

この子を、本田茂治の二の舞にさせてたまるか……！

「強がるんじゃない！　疲労したまま投げることが、どれだけ体に悪いか分かるだろ⁉　たかが四年生で、肩やひじを壊したいのか⁉　このまま投げ続けたら、リトルのこの一試合で、君は野球人生を棒に振ってしまうかもしれないんだぞ！　それでもいいのか！」

「……ああ。いいよ」

茂野を見上げ、穏やかに吾郎が言った。

「小森は……茶碗も持つなって言われてた手首で、同点タイムリーを打ってくれた……清水は、つき指してアザだらけになって、オレの球を必死で捕ってくれるようになった……沢村も、夏目も、前原も、田辺も、長谷川も、鶴田も……みんなが自分の力を限界まで試したくて、この試合に賭《か》けてきたんだ……この試合は、そういう試合なんだ……！」

チームメイトが、そして桃子が――じっと吾郎を見つめていた。

「だから、オレ一人逃げるわけにはいかない……オレのことは、オレが決めるよ」

ボールを手に、一人マウンドへと歩きだす。

「ま、待て吾郎君……！」

「茂野さん」

引き止めようとした腕を、桃子がつかんだ。

「あの子の好きにさせてやってください。本田さんがよく言ってた、プロ野球選手になるより大事な何かを……今、あの子はつかみかけてるかもしれないんです！」

「え……!?」

桃子に押し切られるように、ベンチへ下がった。

主審が試合再開を宣言する。先程のワイルドピッチの間に伊達は三塁へ進塁。涼子が再びバットを構えた。

必死の形相で、吾郎が投げる。ストライク。疲れの色は濃いが、球威はまったく落ちていない。

「……なぜですか」

　ベンチの中、グラウンドを見つめる桃子に目をやった。

「なぜあなたは止めないんだ！　吾郎君はプロ野球選手になるのが夢じゃなかったんですか？　子供の夢をできるだけサポートしてあげるのが、私たち大人の責任じゃないんですか⁉　万一、肩を壊してその夢をかなえられなくなったら、後悔するのは彼自身なんですよ！」

　三球目は外へはずれた。また、吾郎が汗を拭う。

「オレは今までに、そんな選手を何人も見てきた！　才能があっても、ケガでその夢に届かなかったやつを何人も……あの……あの本田茂治だってそうだ！　ケガで苦しんだあいつが生きてたら、こんなこと許すはずがないじゃないですか……！」

「ええ……」

　桃子が目を伏せる。その顔には、悟ったような微笑みが浮かんでいた。

「でもきっと、おとさんでも今の吾郎は止められませんよ」

「え……？」

　ボールスリー。吾郎の顔が苦しげに歪《ゆが》む。その背中に声が飛んだ。

「本田君、がんばれーっ！」

「あと二人だぞ！」

「この裏で逆転しようぜ！」

「がんばれ！」

ナインが口々に叫ぶ。

バックの仲間を振り返り――

「あの子ったら、あんなに苦しそうなのに……」

吾郎は楽しげに微笑んだ。

「あんなに幸せそうなんですもの！」

カァン……！　五球目を、涼子が振り抜く。やや詰まった打球がショートの後方へ飛んだ。前原が背走するが、間に合いそうにない。

「くそっ……！」

猛然《もうぜん》と、沢村がセンターからダッシュしてきた。

「落ちるな……！　落ちるんじゃねーっ！」

前方へ向かってダイブする。地面すれすれで、グラブが打球をつかみ捕った。ツーアウトだ。

「な、何だとぉ!?」

それを見て、伊達が慌ててサードへ戻る。

「ナイスキャッチ！」

「いいぞ、沢村！」

土まみれで立ち上がる沢村に、ナインが声をかける。誰もが傷だらけで、誰もが笑顔だ。

──みんなが自分の力を限界まで試したくて……。

そうだ……オレも本田も、ずっとそうだったじゃないか。

生き生きとした選手一人一人の表情を、茂野は見渡した。

プロ野球選手になりたかった。でも、そのためだけに苦しい練習や試合をやってたわけじゃない……そこに友達がいて、ライバルがいる。そこにはいつも、ただ『野球』という夢があっただけなんだ……！

四番の真島が打席へと歩きだす。息をはずませながら、吾郎はじっと目で追った。

その頬にワクワクしたような笑みが浮かぶ。

仲間と一緒に、ただひたむきに目標に向かっていく……くそっ、バカかオレは！これ以上大事なことなんて、あるわけねーだろ！

マウンドの吾郎へ向かって、茂野は声を張り上げた。

「吾郎！　疲れでひじが下がってるぞ！　体の開きも早い！　いつものフォームを思い出せ！」

一度水平にバットを出し、それを引き戻す。いつものように、真島は構えをとった。

本田吾郎か……。

マウンドに目をやる。

吾郎がぶつぶつと、何かつぶやきながらフォームを確認していた。さっきの茂野からのアドバイスを確かめているのだろう。

あのアドバイスの直後、茂野は審判に注意を受けてベンチから退散していった。プロがリトルの選手に助言とは、とんだルール違反だ。

残念だったな、おっさん。アドバイスはムダになりそうだぜ。

疲労で崩したフォームが、あんな言葉で直るとも思えない。今も吾郎は、肩で息をしている状態だ。

思った以上に楽しめた試合だった。いや、これだけの相手には、全国大会でもなかなかお目にかかれないだろう。初回を見たかぎりでは、よくあるタイプの速球投手という感じだったが、回を追うごとに少しずつ球威とスピードが上がっていった。さらにあのチェンジアップ。ウチの打線を二回以降完全に沈黙させ、追加点を許さなかった。四年生ということを考えれば驚異的だ。

それに何より、あくまでも攻めの姿勢を崩さず、一人で投げ抜く闘争心。こういう強気なガキは嫌いじゃない。

ツーアウト三塁。ヒットなんてケチなことは言わねぇ。ホームランできっちりケリをつけてやるよ……！

「踏ん張れ、本田！」

「ツーダン、あと一人だ！」

「これしのいでサヨナラにしよーぜ！」

「打たせろ！　ぜってー捕ってやる！」

「自信持って投げ込め！」

ナインが守備位置から声を投げる。

「よし来い、本田ぁ！」

バン！　と薫がミットを叩いた。

仲間の声援を背中に受け、吾郎が足を踏み出す。腰から肩、ひじ、指先へ。分散していた力が一点に集まり、ボールに乗って放たれる。

パァン……！　ど真ん中。見送った。

「ストライーク！」

ゾクゾクしてくる。

この野郎……たった一球でフォームを戻しやがった！

しかも、今の球は今日の試合の中でも最速だった。あの体のどこに、そんな力が残っているというのか。

迷いなく二球目が来る。これも真ん中だ。バットを出す。

カン……！　振り遅れた。ファールになる。

間違いなく、さっきの球より速い。

もはや、細かいコントロールはきかないようだ。二球続けてど真ん中。チェンジアップもないだろう。

オレを力でねじ伏せようってのか……面白《おもしれ》ぇ！

ぐっ、とバットを握りなおす。

ベンチから、危機感のにじんだ声で樫本が叫んだ。

「ま、待て、真島！　長打を狙うな！　短く持ってミートしないとやられるぞ！」

吾郎が、三球目を投げた。

全力でバットを振り抜く。

パァン……！

……へっ。ふざけやがって。どこまで速くなるんだよ。

「ストライク、バッターアウト！」

わっ、と三船ナインが歓声を上げる。

かすりもしなかった。完敗だ。

ベンチへ戻ると、樫本がとがめるような目で迎えた。

「真島、なぜオレの指示を無視した！　お前なら、やつの球が生きてたことは分かったはずだ」

「すみません……けど、オレはオレのバッティングで、やつと勝負したかったんです」

グラブを取り、守備へと向かう。

まぁ、たとえ短く持ったところで、今の球は打てなかったけどな……。

ふと見ると、ボロボロのエースナンバーがフラついた足取りでベンチへ入るところだった。仲間が駆け寄り、その体を支える。

ふっ、と笑って、真島はサードへと駆けだした。


本田吾郎君……。

その名前を、涼子は胸の中でつぶやいた。

試合前、寿也から話は聞いていた。幼なじみで、野球の天才。でもまさか、たった一人の四年生エースに、最強横浜リトルがここまで追い詰められるなんて想像もしていなかった。

八回表の打席。涼子は会心のバッティングをしたはずだ。が、予想以上の球威にバットが押され、結果はセンターフライ。底知れないピッチングに戦慄《せんりつ》を覚えた。

そうそう、もう一つ聞いていた話があった。本田吾郎は、プロ野球選手本田茂治の忘れ形見だと。

本田茂治という選手を、直接知っていたわけではない。でも、その存在は強烈な印象とともに胸に刻まれている。誰よりも尊敬する投手、ジョー・ギブソンが死球を当てて死なせた相手だからだ。

五歳から今年の夏まで、両親とともにアメリカで過ごした。言葉も分からない。友達もいない。向こうへ行った当初は、家から出るのが嫌だった。そんな時、何気なくテレビをつけると――メジャーリーグの中継がやっていた。

その光景は鮮烈《せんれつ》だった。弾丸のような白いボールが、うなりを上げてバットをかいくぐり、ミットへ飛び込む。

人間て、あんなにすごいボールを投げられるんだ……。

マウンドを支配するその長身の白人に、強いあこがれを持った。

あたしも、あんなボールを投げてみたい。何度もビデオを見返した。毎日暗くなるまで、そのフォームを練習した。

近所の男の子たちがやっているベースボール遊びに、勇気を出して混ぜてもらった。

涼子の投げる球は、男の子の誰にも負けなかった。

やればやるほど、野球が好きになった。言葉は分からなくても、ボールを通して友達はたくさんできた。

アメリカで楽しく過ごせたのも、日本へ帰ってきてすぐに仲間ができたのも、みんな野球のおかげだ。だから、野球では誰にも負けたくない。相手が男の子だって、絶対に……！

「四番、ピッチャー本田君」

ベンチから、吾郎がバットを持って歩きだした。先程のピッチングのせいで、まだ体がフラフラしている。

寿也がマウンドへ駆けてきた。

「涼子ちゃん。この回だよ。吾郎君の体力はもう限界だ。この八回裏さえおさえれば、次の回で間違いなく勝ち越せる」

「うん……まかせといて！」

主審の声がかかった。

吾郎がうつろな目でバットを構える。

左足を引きつけ、上体を折り曲げる。胸の前にすべての力をため、足を踏み出すと同時に巻き込むように腕を振る。

高い位置から放たれたボールが、ミットめがけて飛び出した。

体重を預けるように、吾郎がバットを振る。

バン……！　大きなスイングが空を切った。勢い余って、その場に転ぶ。

「あたた……あ〜あ、カッコわり……」

バットを支えにして、ヨロヨロと立ち上がる。

「も……もういい、本田！　打たなくていいから、見送って帰ってこい！」

ベンチから、薫が叫ぶ。

吾郎は、再びバットを構えた。フラつく体で、目だけはしっかりと涼子を見つめてくる。

残念ね、吾郎君。できればもっと元気な君を……打ち取りたかった！

二球目を投げる。

カキッ……！　吾郎が打ち返した。

「あ……!?」

打球は思った以上に伸び、レフトのファールゾーンへと切れる。

あんなフラフラなのに、なんて打球なの……!?

「佐藤！　川瀬！」

突然、ベンチから樫本が叫んだ。サインが出る。

敬遠……!?

呆然と、涼子は立ちすくんだ。

疲れているとはいえ、吾郎には一発がある。ここは敬遠して、次からの三人を打ち取るほうがリスクは低い。作戦としては順当だろう。でも……。

——野球で男の子に勝てるのは、今のうちだけだからな。

その日も、リトルリーグの試合があった。疲れからリビングのソファでまどろんでいると、頭の上で両親が話すのが聞こえた。

「あの子、今日もこんなタンコブ作ってきちゃって……女の子なのにリトルリーグなんて、危険すぎるのよ」

「ハハハ、今は好きなようにやらせておけよ。女の子は、イヤでもそのうちやめなきやならないんだ。野球で男の子に勝てるのは、今のうちだけだからな」

なんで……？　なんで男の子に勝てなくなるの……!?　なんで女の子は、野球をやめなきゃならないの……!?　あたしは、ずっと野球を続けていたいのに……！

「涼子ちゃん？」

気がつくと、寿也が目の前に立っていた。涼子が迷っているのを見て、様子を見に来たらしい。

「どうしたの？　敬遠なんて好きなピッチャーはいないだろうけど、ここは……」

「……寿也君は、ヤじゃないの？」

「え……？」

「吾郎君はあんなに疲れてるのに……逃げも隠れもせずに、あたしと真島さんを打ち取ったのよ!?　選手層の厚いあたしたちと違って、たった一人でマウンド守って……この打席も必死になって食らいついてきてるのよ！」

わがままなのは分かっている。それでも…。

「逃げたくない！　本気の彼と勝負して、勝ちたいの！　だって……六年生のあたしが男の子とこんな真剣勝負できるのは、これが最後かもしれないもん……！」

寿也は、じっと涼子を見つめた。やがて、吹っ切れたように微笑む。

「分かった。ぼくが責任取るよ。監督にはあとで……」

「いい度胸だな、川瀬」

声にハッと振り返る。いつの間にか、樫本がマウンドまで来ていた。

「そんな個人的な感情で、お前はチームを犠牲《ぎせい》にする気か？」

「か、監督……いえ、あたしは……」

「もういい、勝手にしろ。ただし、それで負けたら責任は取ってもらうぞ……帰りのバスまで、オレの荷物運びだ！　それが嫌なら、必ず打ち取れ！　いいな！」

「は……はい！」

樫本がベンチへ戻っていく。背を向ける瞬間、サングラスの奥の目が優しく笑った気がした。

守備位置へ戻った寿也が座るのを見て、真島たちが笑みを浮かべた。

「オッケー」

「そうこなきゃな」

「ああ。勝っても勝った気しねーぜ！」

吾郎はじっとバットを構えたまま、次の球にすべてを集中しているようだ。

一つ息を吐くと、涼子は振りかぶった。

監督が……みんながくれた勝負のチャンス。絶対に……負けない！

大きく足を踏み出し、涼子は投げた。


来る……！

バットを構え、吾郎は次の球を待った。

疲れのせいか、余計な考えは頭に入ってこない。

ボールを……飛んできたボールだけを……全力で叩く！

カキィン……！　快音がスタジアムを貫いた。

打球はライト線へぐんぐん伸びる。ライトの松原が必死に走り、グラブを伸ばした。

トン……！　グラブと白線をはさむわずか数センチの間隙にボールがはずみ、抜けていく。

「やったぁ～っ！」

ドルフィンズベンチに歓声が上がった。

吾郎はセカンドを回る。

足がもつれた。

ヤベぇ……足が思うように進まねえ……！

松原からのボールが中継の村井に渡った。ワンモーションで村井がサードへ投げる。

サードベースについた真島がグラブを構えるのが見えた。背中に迫るボールを感じる。

「くそぉっ……！」

ベースへ向かって、吾郎は飛んだ。ヘルメットがフワリと浮いて脱げる。そのヘルメットに――

コン……！　ボールが当たり、方向を変えた。

「なっ……!?」

サードカバーの涼子の頭上を越えたボールは、ファールゾーンを転々と転がってい
く。やがてスタンドの壁に当たり、止まった。

無人のファールグラウンドにぽつんと転がったボールを、誰もが呆然《ぼうぜん》と見つめた。

シン、と静まり返ったスタジアムに、ベンチの小森のつぶやきがはっきりと響く。

「サ……サヨナラだ……」

立ち上がり、吾郎は再びホームへと走り出した。

樫本が身を乗り出し、叫ぶ。

「な……何をしてる！　真島！　川瀬！　拾いに行かんかぁ！」

はじかれたように、二人が動きだす。

フラつく視界の中で、ホームベースがユラユラと揺れる。息が乱れ、心臓は爆発し
そうだ。走っているのか、歩いているのかも、もう分からなかった。

「がんばれ、本田ぁ！」

遠くのどこかから聞こえるみんなの声が、背中を押す。

「行けぇ！」

「走れ！」

「もうちょっとだ！」

「がんばれ！」

「負けんなぁ！」

「本田君！」

「本田ぁ！」

一人一人の顔が、浮かんでは消えていく。

――解散なら仕方ないんじゃないの？

――野球がダメなら、家でゲームでもやろうぜ。

――ぼく、そろそろ塾へ行かないと。

――どーせ勝てっこねーんだから。

――一人でやってろよ、天才野球少年。

――この沢村にケンカ売って、楽しい学校生活が送れると思ってんのか？

――でもぼく、本田君みたいに強くないし……。

――あんなダサいスポーツ、誰もやるわけねーだろ！

一緒にがんばってきた。一緒に戦ってきた。ぶつかり合ったりもしたけど、ずっと一緒に走ってきた。

待ってろよ、みんな……！

吾郎の体が、グラリと前方へ傾いた。

パシィ！　真島からの返球が、ダイレクトに寿也のミットへ飛び込む。タッチしようとした寿也の手が――止まった。

「あ……」

力なく、ボールがミットからこぼれ落ちる。

球場の上に、大きな空が広がっていた。

大の字に寝ころんだまま、吾郎はそれを眺める。右足のかかとが、ホームベースに乗っていた。

「……セーフ！」

主審の声に、わっ、とスタンドが沸く。

ドルフィンズのみんなが飛び上がって騒ぐのを、グラウンドに背中をつけたまま、吾郎は聞いた。

ああ……今日の空って、こんなに青かったんだなぁ……。

吸い込まれるようなその青い色を、吾郎はいつまでも見つめていた。

エピローグ

昼から降り続いた雪は、イルミネーションに彩られた横浜の街を白く包んだ。

その中心にそびえ、豪華客船をイメージさせる白亜の威容、ヨコハマロイヤルガーデンホテル――

照明を落とした大広間では、着飾った数百人の人々がこれから起こる出来事を息を詰めて待ち受けていた。

おごそかな音楽が流れだす。蝶ネクタイの係員が扉を左右に開くと、逆光の中に立つ男女のシルエットが浮かんだ。

腕を取り、スポットライトの輪の中へと一歩踏み出す。

純白のウェディングドレスに身を包んだ桃子が、伏目がちに、そして幸せそうにそこに立っていた。

タキシード姿の茂野が、うながすように微笑む。二人は、ゆっくりと歩きだした。

祝福の拍手を浴びながら、並んだ丸テーブルの間を進んでいく。

見えるかい、おとさん……。

テーブルの一角に座り、吾郎はじっと母の横顔を見つめた。

かーさん、すっげーきれいだよ……！

——茂野さんに、お食事に誘われたの。

そう聞かされたのは、一回戦の本牧リトルとの試合のあとだ。

これまでの三年間は、おとさんを失った気持ちを整理するのに精一杯だった。茂野さんは真剣に交際を考えてくれている。好きになれるかどうかは、まだ分からない。でも、もう一度勇気を出して踏み出してみようと思う。

小学生の吾郎に、桃子は自分の気持ちを正直に、真剣に話してくれた。そして、最後にたずねた。

「吾郎は、嫌？」

じっとうつむいて聞いていた吾郎の顔を覗き込む。

「吾郎がどうしても反対だったら、かーさん……」

「……どこにも行かないよね」

「えっ？」

「茂野のおじさんと結婚しても、かーさんはずっとオレのかーさんだよね!?」

不安をぶつけた吾郎の体を、桃子はそっと抱きしめた。

「バカね……かーさんは　いつまでも吾郎のかーさんに決まってるでしょ！」

二人がケーキに入刀すると、ひときわ大きな拍手がわき起こった。

乾杯に続いて、食事となる。球団やテレビ局のお偉方が、入れかわり立ちかわり壇上の二人の席へ挨拶に訪れた。そのたびに立ち上がり、笑顔で頭を下げる桃子の様子を、吾郎はぼんやりと眺めた。

立ったり座ったり、めんどくせーな、大人は。

さっさと目の前の料理をたいらげてしまうと、少し退屈になってくる。

「オレ、ちょっとその辺ブラブラしてくるよ」

隣に座った桃子の両親にそう告げると、吾郎は大広間の外へ出た。

廊下の空気を吸うと、ホッとした。ああいうカタ苦しい席は、ちょっと苦手だ。

突き当たりの花びんを的に見立てて、軽くピッチングのまねをする。右肩のつけ根に、鈍い痛みが走った。

「つと、ヤベ……」

そっと手で押さえる。

あれから数カ月。日常生活ではほとんど感じないが、激しく動かすとやはり違和感がある。横浜リトルとの死闘と、そこまでの練習で肩を酷使したのが原因だった。

試合の翌日、茂野は吾郎を連れてオーシャンズの専属トレーナーを訪れた。ひと通りの検査の後、トレーナーは難しい顔で吾郎に告げた。

体が未完成なこの時期に、無理をすると取り返しのつかないことになる。少なくとも半年から一年は全力投球をせず、骨と筋肉の回復に専念したほうがいい。

試合中に茂野が抱いた危惧は当たっていた。

横浜リトルに勝利したドルフィンズは準決勝へと進んだが、吾郎は登板をあきらめざるを得なかった。沢村がマウンドへ上がり、仲間たちもバッティングで援護したが、結果は敗戦。ドルフィンズの成績は、神奈川大会四位に終わった。

廊下に置かれたベンチに座っていると、トイレから戻ってきた安藤が通りかかった。

「吾郎君！　今日はおめでとう」

「おじさん、来てくれたんだ」

「なぁ、吾郎君……」

安藤の顔が曇る。

「あのこと、本当にみんなに言わなくていいのかい？　やっぱり、ちゃんと挨拶しとかないと……きっとみんな怒るよ」

吾郎は口をつぐみ、しばしうつむいた。やがて、きっぱりと顔を上げる。

「ごめん、おじさん。でもオレ……」


春休み――

三船町グラウンドに、子供たちの声がはずんだ。

沢村が投げる。小森が捕る。薫が打つ。前原が、夏目が、田辺が、長谷川が、鶴田が、ボールを追って走る。真新しいユニフォームを着た子供たちが、その様子を目を輝かせて見つめる。神奈川四位のドルフィンズにあこがれて、今年から入団した新人たちだ。待ち焦がれた春を満喫するように、誰もが活発に動いている。

土手の上に立ち、吾郎は胸いっぱいに土の匂いを吸い込んだ。打球の音。はずむ声。選手の人数は増えたが、グラウンドにあるものは一年前に訪れた時と変わらない。

階段を下りていくと、小森が気づいて顔を上げた。

「あ、本田君」

「なんだよお前、どうしたんだ？」

「四月まで練習休むんじゃなかったのか？」

薫や沢村、前原たちが次々と集まってくる。

「休みすぎると体がナマるだろ。軽く投げ込みぐらいしとこうと思ってよ」

「投げ込みって、お前、肩はもう大丈夫なのかよ？」

「おじさん、ちょっとだけいいかな？」

ボールを拾い、安藤に声をかける。

「あ、ああ」

安藤が複雑な顔でうなずいた。

構えた小森のミットをめがけ、思いきり腕を振る。

パァン……！　乾いた音がグラウンドに響いた。

「は、はえぇ!?」

「何だ、あの球……!?」

新人たちが目を丸くする。

「なんだ、すっかり治ってんじゃねーか」

「エース復活だな」

吾郎は、みんなを振り返った。

「なあ、久しぶりだし、バッティング練習やらねーか？」

沢村が——

長谷川が——

前原が——

夏目が——

田辺が——

鶴田が——

薫が——

小森が——

次々と快音を響かせた。

みんな、うまくなったよなぁ……。

手加減はしているものの、いいバッティングだ。一年前なら、誰一人かすりもしなかっただろう。

打順が一巡したところで、吾郎はグラブを外した。

「さてと。肩慣らしも済んだし……オレ、そろそろ行くわ」

「なんだ、もう帰んのか？」

「来週から練習出るんだろ？」

「さーな。来週かどうか分かんねーけど……いつか必ず戻ってくるよ」

「はぁ？」

「いつかって、なんだそりゃ」

「……じゃ、またな」

軽く手を上げ、背を向ける。

階段へ向かう吾郎を、安藤がじっと見送った。

——ごめん、おじさん。でもオレ……。

あの結婚式の日、吾郎は安藤に言った。

——いつか必ず帰ってくるから。さよならは……おとさんが死んだ時から、一番キライな言葉だから！

土手を歩いていくと、タクシーが待っていた。ドアを開け、桃子の隣へ乗り込む。

「もう、いいの？」

「……うん」

車が走り出す。窓の外を、さまざまな景色と思い出が通り過ぎていく。

またな、みんな。

きっと、また会える。野球を続けていれば、青空の下でボールを追っかけていれば、いつかきっと……！

新天地へ。父親となった茂野が、トレードで移籍した福岡ファルコンズのホームグラウンド、博多へ——

吾郎を乗せたタクシーはスピードを上げ、春がすみの中を走り去った。

―― 本書のプロフィール ――

本書は、原作コミック『MAJOR』の一巻から十四巻を元に、著者が書き下ろしたものです。

シンボルマークは、中国古代・殷代の金石文字です。宝物の代わりであった貝を運ぶ職掌を表わしています。当文庫はこれを、右手に「知識」左手に「勇気」を運ぶ者として図案化しました。

―――「小学館文庫」の文字づかいについて―――

- 文字表記については、できる限り原文を尊重しました。
- 口語文については、現代仮名づかいに改めました。
- 文語文については、旧仮名づかいを用いました。
- 常用漢字表外の漢字・音訓も用い、難解な漢字には振り仮名を付けました。
- 極端な当て字、代名詞、副詞、接続詞などのうち、原文を損なうおそれが少ないものは、仮名に改めました。

小説《しょうせつ》 MAJOR《メジャー》 1 横《よこ》浜《はま》編《へん》

著者 土屋《つちや》理敬《みちひろ》 原作 満田《みつだ》拓也《たくや》

二〇〇八年十月十二日 初版第一刷発行
二〇一〇年七月二十五日 第十二刷発行

造本には十分注意しておりますが、印刷、製本など製造上の不備がございましたら「制作局コールセンター」（フリーダイヤル〇一二〇－三三六－三四〇）にご連絡ください。（電話受付は、土・日・祝日を除く九時三〇分～一七時三〇分）

Ⓡ〈日本複写権センター委託出版物〉
本書を無断で複写複製（コピー）することは、著作権法上の例外を除き、禁じられています。本書をコピーされる場合は、事前に日本複写権センター（JRRC）の許諾を受けてください。JRRC〈http://www.jrrc.or.jp/ eメール info@jrrc.or.jp ☎〇三－三四〇一－二三八二〉

編集人——菅原朝也
発行人——飯沼年昭
発行所——株式会社 小学館
〒一〇一－八〇〇一
東京都千代田区一ツ橋二－三－一
電話 編集〇三－三二三〇－五一三四
販売〇三－五二八一－三五五五
印刷所——中央精版印刷株式会社

Printed in Japan ISBN978-4-09-408311-8

小学館文庫